디아스포라 시인, 윤동주 연구

이 미 옥

박문사

서문

　윤동주는 문학사적으로 중요한 위치를 점해왔다. 윤동주라는 젊은 시인이 근대문학연구 자들에게 주목받은 이유는 일제말기를 살다간 윤동주의 생애와 무관하지 않다. 한국사의 특수성에 의해서, 윤동주에 대한 연구는 그의 생애를 중심으로 전개되어 왔으며 저항시인이나 기독교 시인으로 꽤 오랜 시간동안 논의되어왔다.

　70년대 이후부터는 다양한 방법론으로 윤동주의 시를 분석하려는 시도가 이루어 졌으며 그렇게 축적된 다량의 연구 성과들에 의해 문학사에서의 윤동주의 지위는 더욱 견고해졌다. 그러나 다양한 접근에도 불구하고 윤동주를 결정짓는 또 다른 요소, 윤동주가 지리적으로 한반도에서 분리된 북간도 출신이라는 사실은 간과되어왔다. 윤동주를 디아스포라로 보는 시각은 90년대에야 비로소 나타났으며 오양호 등의 연구자들에 의해 산발적으로 제기되었다. 그러나 여전히 순수한 '디아스포라 의식'에 대한 고찰이 미흡하고 여전히 식민지 문제를 강조하고 있다는 공통점이 보이며 디아스포라 의식의 역동적인 변화를 섬세하게 추적하지 못한 한계점이 존재한다.

본 연구에서는 디아스포라의 평면적인 현상이 아닌, 의식의 '변모 양상'에 초점을 두고 접근한다. 본고에서 규정하는 '디아스포라 의식'은 기존의 '실향의식'이나 '본향의식'과는 변별되는 것으로서 돌아갈 곳을 상정한 '귀향'의식이 아니라 고향이라는 중심을 설정하지 않는 '유동의식'에 가깝다. '유동의식'은 유동 그 자체를 목적으로 하기 때문에 도착점 보다는 과정에 무게를 두며 디아스포라 경험 속에서 오히려 고향이 부재하게 됨을 확인하게 되는 과정이다. 디아스포라는 자신이 처한 디아스포라 환경과의 상호작용에 의해 자신이 디아스포라임을 자각하게 되며 이런 자각으로부터 디아스포라 의식이 발생하게 된다. 이질적인 세계와의 경계에서 의식의 작용은 디아스포라 갈등을 통해 팽창되고 확산되며 시·공간적 사유와 함께 '타자체험'을 가능하게 한다. '타자체험'이란 타인의 시점으로 세계를 조망하고 현재를 수렴해가는 것으로 디아스포라는 이런 의식의 변화 속에서 자신의 좌표를 설정해 나가고 주체를 구성해 가게 된다.

유동성이란 이른 바 '고향'이라는 중심점에서 이탈하여 나가는 일련의 변증법적 사유의 궤적을 말한다. 이는 한편 세계를 바라보는 나의 의식, 관점 현상이 불가피하게 갈등 상황을 통해 변화되는 것이며 관점과 시각이 변화된다는 것은 자기의식에서 타인의식으로 넘어가는 것을 의미하기도 한다. 그리하여 윤동주의 디아스포라 의식의 지향점은 단순한 유년으로의 '복원'이나 평화의 희구가 아니라, 끊임없이 열린 시간과 공간을 향해 나가는 변증법적 순환 속에서 이루어진다.

　디아스포라로서 윤동주는 어렸을 때는 민족의식을 길러주는 교육 환경에 의해 강한 모국 지향성을 보유하게 된다. 그의 디아스포라 의식은 물리적 고향인 용정에서 모국인 조선을 거쳐, 일본이라는 제3국에 이르기까지 다양한 공간체험을 통과하게 되고 그의 내면적이면서 반성적인 성격은 체험한 현실에 의해 의식에도 지대한 영향을 미치게 된다.

　실제로, 윤동주는 만주 → 평양 → 연전(경성) → 동경에 이르는 공간의 이동에 따라 디아스포라 의식의 변화를 경험하게 된다. 이 의식은 '한반도'라는 모국이 존재하는 상황 하에서 '모국에 대한 그리움'으로부터 출발하며, 시 속에서는 다양한 상징을 통해 표상된다. 이후 그의 디아스포라 의식의 변화는 모국의 현실에 따라 또는 물리적인 공간의 이동에 따라 시·공간적 사유를 거쳐 확장되며 절대적 순환의 유동의식에 도달하고 있다. 본고에서는 '디아스포라 의식'이라는 개념의 틀로 윤동주의 청소년기부터 청년기에 이르기까지의 그의 전반적인 시편을 의식의 흐름을 쫓는 현상학적 관점으로 접근할 것이다.

핵심어 : 디아스포라 의식, 유동의식, 타자체험, 시·공간적 사유, 주 체, 변증법적 사유, 모국지향성, 공간 체험, 현상학적 관점.

목 차

1. 서론

1.1. 연구사 검토 및 문제제기

윤동주의 시가 세상에 모습을 드러낸 지 60여년이 지난 지금까지, 그의 시에 대해서는 적지 않은 연구가 이루어졌다. 200여 편에 달하는 논문과 100여 편에 이르는 단행본이 윤동주에 대한 관심을 보여준다. 그간의 선행연구들은 다양한 방법으로 윤동주 시에 접근하여 윤동주 시의 전모를 밝히려는 시도에서부터 윤동주 시의 저항시적 성격여부에 대한 고찰, 그리고 외국이론을 원용한 시 분석에 이르기까지 다양한 편폭을 보여주었다.

우선, 연구 초기에는 윤동주의 전기적 생애에 대한 복원이 이루어졌다.[1] 윤동주의 삶에 대한 실증적인 접근은 이후 연구를 위한 기본 자료로서 적지 않은 의미를 지닌다. 특히, 이 중에서 10여년에 걸친

---

[1] 윤일주, 「윤동주의 생애」, 『나라사랑』, 1976; 정병욱, 「잊지 못할 윤동주의 일들」, 『나라사랑』, 1976; 윤영춘, 「명동에서 후쿠오카까지」, 『나라사랑』, 1976; 권일송, 『윤동주 평전-하늘을 우러러 한점 부끄럼이 없기를』, 민예사, 1984; 이건청, 『윤동주 평전-나의 별에도 봄이 오면』, 문학세계사, 1981; 송우혜, 『윤동주 평전』, 열음사, 1988.

자료 수집과 답사를 통해 윤동주의 생애를 꼼꼼하게 추적한 송우혜의 연구는 증보를 거치면서 윤동주 연구의 중요한 자료 역할을 해 왔다.

윤동주의 시에 대한 초기의 평가는 주로 일제강점기라는 시대와의 관련성 속에서 이루어졌다. 이러한 평가는 윤동주가 비록 등단은 하지 않았으나, 일제 말기에 조선어로 시를 창작했다는 사실과 그가 독립운동을 했다는 혐의로 구속되어 결국 후쿠오카의 감옥에서 타계했다는 전기적인 사실과 밀접한 관련을 지닌다. 일찍부터 이상비, 백철, 김윤식, 김현, 김우종, 염무웅 등에 의해 윤동주는 저항시로 자리매김되었고[2] 식민지 시기 저항시의 정신사를 구성하는 주요한 줄기로 의미화 되었다.[3] 그러나 윤동주가 실제로 독립운동에 관여했다는 기록은 남아있지 않기 때문에 그의 시를 저항시로 규정할 수 있는지에 대한 논의 역시 한동안 있어왔다. 김열규, 오세영, 박노균 등이 대표적인 논자이다.[4] 저항여부에 대한 논의 이후, 특히 주제와 관련해서 그의 시에 나타난 기독교 문제에 주목한 논문들이 두드러진다.[5]

---

2) 이상비, 「시대와 시의 자세-윤동주론」, 『자유문학』, 1960; 백철, 「암흑기 하늘의 별」, 『하늘과 바람과 별과 시』발문, 정음사, 1968; 김윤식·김현, 『한국문학사』, 민음사, 1974; 김우종, 「암흑기 최후의 별-그의 문학사적 위치」, 『문학사상』, 1976; 염무웅, 「시와 행동」, 『나라사랑』23집, 1976.
3) 정재완, 「한국현대시의 본체성 연구: 식민지 시대를 중심으로」, 충남대 박사학위 논문, 1985; 금동수, 「일제 침략기 항일 민족시가 연구」, 원광대 박사학위 논문, 1988; 이동순, 「일제시대 저항시가의 정신사적 연구」, 경북대 박사학위 논문, 1988.
4) 김열규, 「윤동주론」, 『창작과 비평』, 1974; 오세영, 「윤동주 시는 저항시인가?」, 『문학사상』, 1976; 박삼균, 「윤동주의 저항성 재고」, 『설악』 제8집, 강원대학교, 1977.
5) 다음과 같은 연구들이 있다. 박리도, 「한국 현대시에 나타난 기독교의식:

이러한 논의를 뒤로 하고 70년대 이후에는 다양한 방법론을 통해 윤동주의 시를 분석하려는 시도가 이루어진다. 현실 대응의 문제에 관한 연구,[6] 주체에 관한 연구,[7] 상징의 문제에 관한 연구,[8] 자아와 의식에 관한 연구[9]들이 있으며 사회심리학적인 입장에서 접근한 연

윤동주·금현승·박두진의 시」, 경희대 박사학위 논문, 1984; 강신주, 「한국현대기독교시연구: 정지용, 금현승, 윤동주, 최민순, 이효상의 시를 중심으로」, 숙명여대 박사학위 논문, 1992; 박춘덕, 「한국 기독교시에 있어서 삶과 신앙의 상관성 연구: 윤동주·김현승·박두진을 대상으로」, 부산대 박사학위 논문, 1993; 최문자, 「윤동주 시 연구: 기독교적 원형 상징의 수용을 중심으로」, 성신여대 박사학위 논문, 1996; 한홍자, 「한국 기독교시 연구」, 성신여대 박사학위 논문, 1999; 한영일, 「한국현대기독교 시 연구: 윤동주, 김현승, 박두진 시의 상징성을 중심으로」, 성균관대 박사학위 논문, 2000; 최종환, 「현대시에 나타난 기독교 죄의식의 심리학적 연구: 윤동주, 김종삼, 마종기의 시를 중심으로」, 경희대 박사학위 논문, 2003; 한영자, 「일제강점기 한국 기독교 시 연구」, 동의대 박사학위 논문, 2006.

6) 정삼조, 「나라잃은 시대 시에 나타난 현실 대응 방식 연구」, 경상대 박사학위 논문, 1999; 권석창, 「한국 근대시의 현실 대응 양상 연구: 만해·상화·육사·동주를 중심으로」, 대구대 박사학위 논문, 2002.

7) 김창환, 「윤동주 시 연구: 윤리적 주체의 형성과정과 타자현상을 중심으로」, 연세대 석사학위 논문, 2002; 정의열, 「윤동주 시에서의 「새로운 주체」 연구」, 서울대 석사학위 논문, 2003; 박옥실, 「일제강점기 저항시의 「주체」 연구: 이육사, 이용악, 윤동주를 중심으로」, 아주대 박사학위 논문, 2009.

8) 마광수, 「윤동주 연구: 그의 시에 나타난 상징적 표현을 중심으로」, 연세대 박사학위 논문, 1983; 김수복, 「한국 현대시의 상징 유형 연구: 금소월과 윤동주의 시를 중심으로」, 단국대 박사학위 논문, 1990; 박노균, 「1930년대 한국시에 있어서의 서구 상징주의 수용 연구」, 서울대 박사학위 논문, 1992; 임현순, 「윤동주 시의 상징과 존재의미 연구」, 이화여대 박사학위 논문, 2005.

9) 이상호, 「한국현대시에 나타난 자아의식에 관한 연구: 리상화와 윤동주의 시를 중심으로」, 동국대 박사학위 논문, 1988; 지현배, 「윤동주 시의 의식현상학적 연구」, 경북대 박사학위 논문, 2001; 윤석영, 「1930-40년대

구와[10] 선배 시인들과의 영향관계를 다룬 연구들도 있다.[11] 한 편, 일군의 연구자들은 윤동주 시에 나타난 공간의 의미에 관해 추적하였고[12] '물'의 심상에 주목한 연구자들도 있으며[13] 드물게 윤동주의 동시를 가지고 한 연구 또한 제출되었다.[14]

그러나 이와 같은 다양한 접근에도 불구하고, 전기적인 측면은 여전히 윤동주 연구에 영향력을 미친다. 윤동주의 전기적인 사실은 두 가지 측면에서 주목할 수 있다. 하나는 윤동주가 시대적으로 일제 강점기의 시인이라는 사실이고 다른 하나는 그가 지리적으로 한반도에서 분리된 북간도 출신이라는 사실이다. 그간의 연구들이 주로 전자의 측면에만 주목하여 윤동주를 해석해 왔다면 본고에서는 후자에

───────────

　한국현대시의 의식지향성 연구: 윤동주·이용악·이육사의 시를 중심으로」, 국민대 박사학위 논문, 2005; 한경희, 「한국 현대시에 나타난 시적 자아의 내면 연구: 이상·백석·윤동주 시를 중심으로」, 한국정신문화연구원 박사학위 논문, 2002; 김용주, 「윤동주 시의 자아 연구」, 국민대 박사학위 논문, 2005.

10) 박의상, 「윤동주시의 사회심리학적 연구: 자기화과정을 중심으로」, 인하대 박사학위 논문, 1993.

11) 김의수, 「윤동주 시의 해체론적 연구」, 서울대 석사학위 논문, 1991.

12) 김선학, 「한국 현대시의 시적 공간에 관한 연구」, 동국대 박사학위 논문, 1990; 박태일, 「한국 근대시의 공간현상학적 연구」, 부산대 박사학위 논문, 1991; 김창수, 「한국 근대시에 나타난 집 이미지 연구」, 고려대 박사학위 논문, 2001.

13) 최동호, 「한국현대시에 나타난 물의 심상과 의식의 연구: 김영랑·유치환·윤동주의 시를 중심으로」, 고려대 박사학위 논문, 1981; 이선영, 「현대시의 물 상상력과 나르시스의 언어: 윤동주와 기형도 시를 중심으로」, 이화여대 석사학위 논문, 2003.

14) 양인숙, 「한국 현대 동시의 정신 양상 연구: 정지용·윤동주·유경환을 중심으로」, 단국대 박사학위 논문, 2008.

강조점을 두어 윤동주를 디아스포라의 관점에서 접근하고자 한다. 윤동주는 만주에서 태어났고 조선인의 정체성을 가지고 있었으며 유학을 통해 '모국 체험'을 할 수 있었다. 당시 간도 지역의 조선인들은 다양한 층위의 디아스포라 정체성을 갖고 있었으나 실질적으로는 그들이 모국을 떠나 타지에서의 삶을 영위하고 있었기 때문에 디아스포라 체험은 그들 삶의 중요한 공통적 근간이 된다. 식민지 상황이라는 특별한 시기적 요소가 윤동주 시 세계를 포착하는 데 중요한 근거가 되듯이, '만주' 출신이라는 공간적인 요소 또한 윤동주를 이해하는 데 중요한 단서로서 기능할 수 있다.

윤동주를 '유랑자'로 보는 연구는 오양호에게서 시작된다. 그는 윤동주의 '유랑의식은 개인사가 비극적인 민족사와 충돌하는데서 출발되는 것'이라고 보았다.[15] 즉, 오양호는 식민지 백성이라는 상황에 기인해 윤동주의 유랑의식이 생겨났다고 결론을 지었으며, 또한 식민지 시대에 간도로 옮겨 간 이민자의 후손으로 태어난 윤동주가 독립운동 혐의로 옥고를 치렀다는 점에 주목하여 윤동주를 시대와 역사의 희생물로 간주하였다. 이후, 윤동주를 디아스포라의 시각에서 다룬 연구들은 주로 '고향 상실'의 아픔에 주목했다. 김경훈은 백석, 이용악과 더불어 윤동주의 시 작품 대부분이 유이민의 삶의 모습을 그리고 있으며, 그것은 삶의 근간이 되고 있는 고향에 대한 상실감에서 비롯되는 것이라고 보았다. 그리고 이러한 디아스포라적인 아픔을

---

15) 오양호, 『한국문학과 간도』, 1995년, 문예출판사, 154면.

극복하기 위해서 윤동주가 유년적인 평화나 이국적인 정취, 또는 종교적인 시적 감수성에 주목했고, 이 아픔을 시를 통해 승화했다고 보았다.16) 이길연 역시 윤동주 시의 특징인 부끄러움이 단순한 부끄러움이 아니라 실향의식과 현실적 단절로 인한 '정신세계의 갈등'에서 연유한 것이라고 보았다.17) 그러나 앞서도 언급하였듯, 본격적인 작품 분석에 앞서 시대적 상황을 해석에 개입시키게 되면 윤동주에 대한 온당한 해석에 도달하기 어렵다. 이것은 디아스포라 시인으로 윤동주를 볼 때도 마찬가지로 유의해야 할 점이다. 윤동주를 선험적으로 디아스포라 시인으로 규정하는 것은 그를 평면적으로 이해할 위험을 노정하는 것이므로, 오히려 디아스포라 의식은 그의 전체 시편 속에 형상화된 모습에서 추출되어야 보다 생산적인 결론에 도달할 수 있으리라 사료된다.

위의 연구 이후에는, 윤동주의 고향과 디아스포라의 문제를 보다 섬세하게 읽으려는 노력들이 이루어졌다. 정우택은 윤동주의 고향인 북간도라는 역사 공간을 충족적인 자기완결적 공동체로 보고, 윤동주가 만주국 이전에는 명동 마을이라는 자기충족적 공동체 속에서 태어나 성장한 기억을 가지고 있었으며, 만주국 건립 이후에는 조선인이면서 '만주국인'이고, 게다가 '鮮系日本人'이라는 복잡하고 모순되며 혼란스러운 정체성을 가지게 되었다고 보았다.18) 임현순은 윤

---

16) 김경훈, 「디아스포라의 삶의 공간과 정서-백석, 이용악, 윤동주의 경우」, 『비교한국학』 17권, 국제비교한국학회, 2009, 28면.
17) 이길연, 「윤동주의 시에 나타나는 북간도 체험과 디아스포라 본향의식」, 『한국현대문예비평연구』 26권, 한국현대문예비평학회, 2008, 196면.

동주 시에 나타난 '고향'에 대해 보다 섬세한 해석을 시도했다. 그는 '고향'을 물리적 공간과 심리적 지향공간이라는 두 개의 층위로 나누고, '고향'을 실향의식과 지향의식이라는 이중적인 양상을 포괄한 상징적 공간으로 보았다. 그래서 '고향 찾기'는 고국을 벗어나 간도에 거주하고 있는 자신의 처지와 나라가 주권을 잃어버린 상황이 초래한 정체성의 위기 및 실향의 슬픔에 대한 극복의지라고 보았다.[19] 전월매는 만주라는 지리적 공간이 문학적 공간으로 어떻게 변용 되는지에 주목하면서 출신지, 정착지, 생활지 등을 참조하여 만주시인들을 토착형, 정착형, 거류형 등으로 나누었는데, 윤동주는 토착형 시인으로 분류하고 만주를 '그리움의 원형공간'으로 설정하고 있다.[20]

　이처럼 디아스포라 문제에 주목하여 윤동주에 접근한 선행연구 역시 윤동주의 고향을 식민지 현실과 관련하여 '찾을 수 없는 고향'으로 규정하고, 그에 대한 실향의식과 그 극복의지가 시로 발현되었다고 보았다. 이 연구들은 디아스포라라는 새로운 시각에 근거하여 윤동주 시 이해의 한 지평을 넓혔지만, 여전히 식민지 문제를 강조하고 있다는 공통점을 보인다. 그렇기 때문에 식민지 문제만으로 환원되지 않는, 순수한 '디아스포라 의식'의 측면에 대한 고찰이 미흡했다. 또한 이들 연구는 윤동주 시의 일부만을 대상으로 삼았기 때문에, 그

---

18) 정우택, 「재만조선인의 혼종적 정체성과 윤동주」, 『어문연구』 37권, 한국어문교육연구회, 2009, 237면.
19) 임현순, 「윤동주 시의 디아스포라와 공간」, 『우리어문연구』, 29권, 우리어문학회, 2007, 488-489면.
20) 전월매, 「일제강점기 재만조선인 시에 나타난 만주인식 연구」, 한국학중앙연구원 박사학위 논문, 2009.

의 시 전체에 나타나는 디아스포라 의식의 형성과 심화, 그리고 변모 양상을 폭넓게 살피지 못하였다.

이와 달리 허인숙은 고향 상실감과 공간의 이동이라는 시각을 통해 윤동주의 디아스포라 의식이 어떻게 시로 형상화되었는지를 고찰하였다. 이 연구는 디아스포라 공간에 천착하여 윤동주가 체험한 다양한 공간을 토대로 고향의식이 디아스포라 의식으로 어떻게 변주되고 있는가를 밝혔다는 점에서 주목할 만하다.[21] 그러나 디아스포라를 '유랑', '유민', '이방인'의 개념을 포괄한 의미로 파악한 점은 기존 선행 연구자들의 관점에서 크게 벗어나지 못한 것이라고 할 수 있다. 또한 디아스포라 문제를 구식민주의 체제의 직접적 통치와 그 결과의 문제로 귀결시켜 비극을 극복하는 방법으로 '귀환'이 유일한 방법임을 제시하고 있다는 것 역시 문제다. 예컨대 허인숙은 디아스포라 지향점을 '고향'으로 상정하고 고향을 찾아가는 과정이 디아스포라 의식의 경로라고 규정하고 있다. 결국 '디아스포라 의식'의 다층적 의미를 끌어내지 못한 채 여전히 '실향의식'의 범주에만 머물러 있다는 한계성을 지닌다.

디아스포라 개념을 중심으로, 일제말기 만주 관련 시를 조망한 조은주의 연구[22]는 '디아스포라 정체성'을 핵심적인 사항으로 전개하고 있으며 윤동주를 포함하여 만주를 거쳐 간 시인들을 폭넓게 다루고

---

21) 허인숙, 「윤동주 시에 나타난 디아스포라 의식 연구」, 부산대 석사학위 논문, 2009.
22) 조은주, 「디아스포라 정체성과 탈식민주의적 계보학 연구」, 서울대학교 박사학위 논문, 2010.

있다. 고향을 물리적 고향과 '북향' 의식, 모국도 만주도 아닌 노스텔지어 등 세 층위로 보고 「또 다른 고향」에서 드러난 윤동주의 '고향'은 근대 국민국가를 넘어선 '진정한 조국'을 향한 탐색의 여정이라고 보았다. 이는 여전히 식민지 상황을 전제한 시각이긴 하나 세 번째 층위의 '고향'에 해당하는 것으로 디아스포라가 추구하는 지향점이 모국도 만주도 아닌 또 다른 곳임을 시사하고 있다.

본고에서는 디아스포라 문제를 '디아스포라 정체성'보다는 '디아스포라 의식'의 문제로 보고 이를 주요한 이론 틀로 세워 전개해 나가고자 한다. 디아스포라 정체성이 디아스포라 개인의 상황과 환경 등에 따라 다양한 층위로 구분할 수 있는 분절적 특성을 갖고 있다면 '디아스포라 의식'은 디아스포라 개인이 경험한 사유의 모든 지점을 포괄할 수 있는 수렴적 특성을 갖고 있다. 윤동주가 갖고 있던 모국에 대한 인식 또한 고정되지 않은 흐름으로 변화되는바 '디아스포라 의식'은 이러한 사유의 변화양상을 섬세하게 추적하는 개념의 틀로 작용할 수 있다.

본고에서 규정하는 '디아스포라 의식'은 기존의 '실향의식'이나 '본향의식'과는 변별되는 것으로서 돌아갈 곳을 상정한 '귀향의식'이 아니라 고향이라는 중심을 설정하지 않는 '유동의식'에 가깝다. '유동의식'은 유동 그 자체를 목적으로 하기 때문에 도착점 보다는 과정에 무게를 두며 디아스포라 경험 속에서 오히려 고향이 부재하게 됨을 확인하게 되는 과정이다. 디아스포라는 자신이 처한 디아스포라 환경과의 상호작용에 의해 자신이 디아스포라임을 자각하게 되며 이런 자각으로부터 디아스포라 의식이 발생하게 된다. 이질적인 세계와의 경계에서 의식의 작용은 디아스포라 갈등을 통해 팽창되고 확산되며 시·공간적 사유와 함께 '타자체험'을 가능하게 한다. '타자체험'이란 타인의 시점으로 세계를 조망하고 현재를 수렴해가는 것으로 디아스포라는 이런 의식의 변화 속에서 자신의 좌표를 설정해 나가고 주체를 구성해 가게 된다.

디아스포라로서 윤동주는 어렸을 때는 민족의식을 길러주는 교육 환경에 의해 강한 모국 지향성을 보유하게 된다. 그의 디아스포라 의식은 물리적 고향인 용정에서 모국인 조선을 거쳐, 일본이라는 제3국에 이르기까지 다양한 공간체험을 통과하게 되고 그의 내면적이면서 반성적인 성격은 체험한 현실에 의해 의식에도 지대한 영향을 미치게 된다.

실제로, 윤동주는 만주 → 평양 → 연전(경성) → 동경에 이르는 공간의 이동에 따라 디아스포라 의식의 변화를 경험하게 된다. 이 의식은 '한반도'라는 모국이 존재하는 상황 하에서 '모국에 대한 그리움'으로부터 출발하며, 시 속에서는 다양한 상징을 통해 표상된다. 이후 그의 디아스포라 의식의 변화는 모국의 현실에 따라 또는 물리적인 공간의 이동에 따라 시·공간적 사유를 거쳐 확장되며 절대적 순환의 유동의식에 도달하고 있다. 본고에서는 '디아스포라 의식'이라는 개념의 틀로 윤동주의 청소년기부터 청년기에 이르기까지 그의 전반적인 시편을 의식의 흐름을 쫓는 현상학적 관점으로 접근할 것이다.

1.2. 연구의 시각과 방법론

본고의 논지의 전개에 중요한 이론적 틀로 적용되는 '디아스포라 의식' 중, 디아스포라 개념은 범주가 다양하고 의미가 다르게 사용되므로[23] 본고에서는 우선 그 특수한 의미에 대해서 밝힐 것이다.

'디아스포라'는 성경에서 나온 용어로 한국어로는 '민족분산' 또는 '민족이산'으로 번역된다. 디아스포라는 어원적으로 '~를 넘어'를 뜻하는 그리스어 전치사 dia와 '뿌리다'를 뜻하는 동사 spero에서 유래된다. 기원 전 800~600년 고대 그리스에서 지배된 도시국가가 소아시아나 다른 지중해 연안 등의 새롭게 정복된 땅을 자기의 영역으로 식민화하고 동화하기 위해 이주한 시민들을 가리키는 '적극적인' 용어로 그 후 원래의 거주지로부터 추방당한 유태인들을 지칭하게 되었고,[24] 이와 궤를 같이하여, '디아스포라'의 의미 또한 변화한다. 즉 원래 팽창과 확산의 의미를 지니던 디아스포라는 군사적 정복이나 식민화에 의한 고향과 집의 상실, 떠돌아다님 등의 의미를 지니게 되었고, 고통을 강하게 함축하는 용어가 되었다.[25] 모국에 대한 기억이

---

23) '디아스포라'의 다의성은 일반 대중, 언론인, 인류학자, 사회학자, 정치학자들이 '탈영화된 정체성'을 소유하는 다양한 초국가적 집단들―모국이라는 특별한 영토에 대해 충성심을 보이지 않는 집단들―을 대상으로 디아스포라의 용어를 사용한 것에 기인한다. Gabriel Sheffer, 장원석 역, 『디아스포라의 정치학』, 온누리, 2008, 30면.

24) 디아스포라는 두 가지 품사로 씌어왔다. ① 이산의 현상(現象) 등을 수식하는 용어로 쓰이기도 하고 ② 디아스포라 상황에 처한 사람들을 직접 지칭하는 명사로 쓰이기도 한다. 본고에서 또한 특별한 구분 없이 두 가지를 겸용하기로 한다.

나 남겨진 가족과 공동체에 대한 감정처럼 상대적으로 응집력 있는 디아스포라의 출현을 유도하는 요인들 중에서 가장 영향력이 있는 것은 인종적 정체성이다. 이들 정체성은 최초 모국에서 형성된 후, 이주국의 상황과 이주한 집단의 필요에 따라 사회적, 문화적, 정치적, 경제적인 영역의 상황에 반응하고 적응하면서 변화하게 된다.[26] '디아스포라'들에게 가장 큰 과제는 여전히 정체성 문제라고 볼 때 이 정체성은 디아스포라가 처한 다양한 역사적 상황에 변주하여 다층적이고 고정되지 않은 흐름을 보이고 있으며 이와 같은 정체성의 변화는 디아스포라를 하나의 범주로 설명할 수 없음을 시사해준다.

이처럼 디아스포라 개념은 그 기원을 넘어서 이민, 망명자, 피난민을 포함한 망명단체, 해외 이민단체, 인종적 공동체 등 민족적, 문화적, 종교적, 인종적으로 구성된 공동체를 통합적으로 지칭하는 포괄적 개념으로 확장되어 있다. 이 치환된 디아스포라에 대해 혼종성, 이질성, 이중의식, 정체성 형성 등의 개념을 포괄적으로 표현하는 용어로 디아스포라 의식을 제시하고 있다.[27] 이들을 수식하는 용어는 이처럼 디아스포라들의 외적인 상황이 야기하는 그들의 내적인 변화, 특히 의식 문제에 관심을 갖고 이를 정의하려고 한다는 데 문학적 의의가 있다. '이중의식'[28] 등으로 풀이되는 디아스포라 의식의 문제는

---

25) 박경환, 「디아스포라 주체의 비판적 위치성과 민족 서사의 해체」, 『문화 역사 지리』 19권, 한국문화역사지리학회, 2007, 5면.

26) Gabriel Sheffer, 앞의 책, 73면.

27) 김영민, 「새로운 문화담론으로서의 초국가주의」, 『영어영문학 연구』, 제 51권 1호, 90면.

28) 한 인종이나 민족이 고향을 떠나 타지로 이주하여 이주한 지역의 민족이

그들이 처한 역사적인 상황을 특별한 내적 체험으로 받아들이고 이를 지적인 경험으로 부각시킨다는 데에서 시작된다. '디아스포라 의식'이 고향으로부터의 이산(離散)이라는 '존재론적 조건의 지적 표현'이라면 이는 역사적 우연이라기보다는 현실, 즉 지식인이 처한 현실 상황과 관련된 것이다.[29] '디아스포라 의식'을 지식인의 문제로만 귀결하는 레이 초우의 견해에 전적으로 동의할 수는 없지만 이 경험의 변증법이 가장 설득력 있게 인격화된 것이 '디아스포라 상태의 지식인'이라는 것은 어느 정도 설득력을 지닌다. '디아스포라 의식'은 디아스포라 상황에 처한 이산민들의 보편적인 사유지만, 정작 제기되고 담론화되는 것은, 경계적인 상황에 민감하게 반응하는 지식인 집단에 의해서이기 때문이다. 그들에 의해서 디아스포라는 자신의 정체성과 좌표를 끊임없이 재확인하게 되고 궁극적으로 깨닫게 되는 것은, 그 '의식'이란 자신의 사회가 대상화된 역사의 하중을 짊어진다는 사실이다.

그들이 처한 디아스포라 공간을 디아스포라 존재와 타자가 조우하는 공간이라고 했을 때, 이 만남에서 '의식'이 어떤 변용을 거치게 되

나 국가에 동화해야 할 경우 문화의 경계선이 발생하고 이 경계선 상에서 디아스포라 인종성의 이중의식이 파생된다고 보았다. 이중의식은 "틈새/간격"의 시각으로 모국의 민족에 대한 소속감과 민족적 정체성을 상징적으로 인식하는 동질성이 한 축이 되고, 이주국 내에서 동화(assimilation)를 보류하면서 파생되는 비판적 시각으로 바라보는 기생적 위치를 지니고 있는 의식이 다른 축이 된다. 그리하여 디아스포라 의식을 이러한 두 축 사이에서 지속적으로 진동하는 의식으로 규정한다. 김영민, 앞의 글, 91면.

29) Rey Chow, 장수현·김우영 역, 『디아스포라의 지식인』, 이산, 2005, 31면.

는데 그 결과 그것은 단순히 그 대상에 대한 의식이 아니라 그 자신에 대한 의식, 그 자신의 지(知)에 대한 의식이 된다. 따라서 '의식'은 사실상 서로 호응하지는 않지만 헤겔이 경험이라 부르는 하나의 운동 속에서 서로 연관되는 두 개의 대상―대상과 대상에 대한 지식―을 갖는다.[30] 여기서 강조되는 것은 디아스포라 대상에 대한 경험이며 '디아스포라 의식'은 그 경험 속에서 얻어지는 상황에 대한 작용이다. 그러므로 이 두 가지, 즉 디아스포라 개인과 '타자'가 한 공간에서 만나 발생할 때 생성되는 의식의 '변용'이 오히려 디아스포라의 의식으로 인정된다.

디아스포라 의식은 결국 경험의 변증법을 통해서 축적되고 내재화되는 것으로 볼 수 있다. 디아스포라 공간에서 '그'는 개인적인 상황에 상관없이 '타자'로 간주된다는 것을 알게 되기 때문이다.[31] 디아스포라 의식의 문제는 그들이 처한 역사적 상황 및 그 상황에서 타자와의 관계에 대한 새로운 사유를 이끌어낸다. 이른바 디아스포라 의식이란 자신의 정체성을 자각하는 상태에서 출발하며 자신의 내적인 특성을 비롯한 무수한 타자와의 상호 작용을 통해 확대되고 변용되는 가변적인 것으로 파악할 수 있다. 디아스포라는 일종의 탈영토화 과정을 통해 타자화를 명시적으로 재현한다.[32] 그러므로 식민지 상황에서 디아스포라 지식인의 타자화된 체험은 그들에게 역사의 인식

---

30) 위의 책, 166면.
31) 위의 책, 167면.
32) 김영민, 앞의 글, 91면.

과 함께 새로운 방향성을 갖게 한다. 이 방향은 '국가'나 '민족'에 대한 뚜렷한 인식을 가지기 전에 와해되거나, 또 다른 통로를 향한 의식의 도전을 부여받게 되므로, 온전한 주체가 형성되기 이전의 '불완전한 의식'의 진행을 거듭해서 경험하게 된다는 데 그 특성이 있다.

이러한 맥락에서 디아스포라 논의는 그들의 사유를 진전시키는 주체와 타자의 문제로 넘어가지 않을 수 없다. 왜냐하면 디아스포라 존재에 있어 주체의 문제는 세계와 만나는 중요한 길목에 늘 대기하고 있기 때문이다. 레비나스는 라캉과 더불어 타자를 주체 구성에서 중요한 계기로 생각한 철학자였다. 레비나스는 '타자의 사유'만이 진정한 주체를 회복할 수 있는 길이라고 생각했다. '상상적 질서'에서 타자와의 동일시를 통해 자신이 구성된다면 이러한 '상상적 자아'는 '상징적 질서'33)에 진입함으로써 사회적 자아를 획득하게 된다. 일상적 주체는 '상상적 질서'에서 '상징적 질서'로 진입할 때 비로소 주체로 구성된다.34) 디아스포라에게 있어 타자의 존재란 위의 레비나스나 라캉이 말하는 일상적 주체와 대립하는 평범한 타자가 아닌 거대한 구조 체계이다. 그렇기 때문에 '상징적 질서'로 진입하는 데 있어 큰 어려움을 초래할 뿐만 아니라 종종 주체가 선택을 강요받는 난처한

---

33) '상징계'는 라캉의 용어로 실재라고 믿고 다가서는 상상계에서 한발 나아가 그 대상을 얻고 접촉하는 단계를 일컫는다. 대상을 실재라고 믿고 다가서는 과정이 상상계이고 그 대상을 얻는 순간이 상징계요, 여전히 욕망이 남아 그 다음 대상을 찾아 나서는 게 실재계이다. Jaques Lacan, 『욕망이론』, 민승기 · 이미선 · 권택영 역, 문예출판사, 1995, 19면.

34) 강영안, 앞의 책, 2005, 73-74면.

입장에 처하기도 한다. 이러한 과정에서 디아스포라 주체는 '자기 소외'라는 기제를 택하기도 한다.

디아스포라는 역사적 산물이지만, 의식의 작용은 내재적인 것으로 디아스포라가 처한 세계와의 상호작용 속에서 생성, 발전하며 그 자체의 '의식'―자기의식의 뿌리와 연동하여 작용한다. 디아스포라를 역사적인 사건에 의한 추방으로만 봤을 때는 '역사의식'의 한 갈래로 귀속되지만 '의식'에 초점을 두고 봤을 때는, 인간의 의식을 한층 더 각성시키는 '개별적 경험'의 토대가 된다. 디아스포라 의식에는 '경계인 체험'에서 오는 디아스포라 보편성과 함께 개인이 경험한 다양한 상황의 특수성도 포함되어 있어 이를 논할 때는 경험의 다층적인 경로와 폭넓은 개인의식의 다양한 스펙트럼을 수렴할 수 있는 잣대가 요구된다. 이제껏 '디아스포라 의식'에 대한 명확한 개념이 논의되지 않았다는 점을 감안하여 본고에서는 윤동주 연구에서 주안점으로 삼을만한 몇 가지 특성을 추출한다.

첫째, '디아스포라 의식'이 이산과 관계된 모든 이산민들의 보편적 사유이긴 하지만, 역사적 상황과 현실적 갈등을 민감하게 인식하는 특정 지식인들에 의해서 더 뚜렷하게 인식되고 제기된다. 이는 곧 디아스포라 집단의 목소리를 대변하는 정치적 문제로 환원될 수 있다는 점에서 디아스포라 담론이 정치적 힘을 행사할 수 있음을 은연중 암시한다.

둘째, 디아스포라의 유동성이란 이른바 '고향'이라는 중심점에서 이탈하여가는 일련의 변증법적 사유의 궤적을 말한다. "표현 주체는 고정적인 아이덴티티에 묶이지 않고, 끝없는 이동에 의해 아이덴티티라는 개념 그 자체를 유동화 시켜가며 종착점 없는 유랑과 방황"[35] 즉, 디아스포라 정체성은 귀환 자체를 목표로 하는 것이 아니라 정착하지 않는(혹은 못하는) 유동성과 끊임없는 변용의 과정을 거치게 되며 이 상태는 결국 '목적 없음'이 목적이 되며, 디아스포라 유동으로 인해 주어진 세계 속에서 행해지는 존재론적 탐험과도 같다. 본고에서 다루는 디아스포라 유동의식이란 이른바 한곳에서 또 다른 곳으로의 이동에 의해 생성되는 정체성 및 의식이 변화된 지점까지 수렴할 수 있는 개념이다. 여기에서 저기로 이어지는 변증법은 시·공간의 사유를 통해 의식의 확장을 가져오며 이와 같은 변증법의 힘에 의해 인간은 무한 순환의 유동세계 속에 진입하게 된다. 디아스포라 경험으로 인한 타자성의 상대적 거리에 대한 인식은 오히려 자신의 '내면성' 즉 의식의 주체성을 구축할 수 있는 길이 된다.

셋째, 이러한 타자체험은 세계를 바라보는 나의 의식이나 관점에 불가피한 갈등 상황을 통해 인식의 각도 또는 보는 입장의 변화를 가져오는데, 관점과 시각이 변화된다는 것은 '자기의식'에서 '타인의식'으로 넘어가는 것을 의미하기도 한다. '타인의식'이란 레비나스의 용어로 어떤 순수의식으로도 환원되지 않는 타자성 자체이며 자기의식에 낯선 것으로 주체의 외부에서 오며, 주체의 사유를 초월해서 존재

---

35) 이연숙은 포스트 콜로이얼 문학의 특성을 포괄하여 이와 같이 보았으나 그 안에서 중요한 모토로 삼은 '하이브리드(잡종성)'와 '디아스포라(이산)' 도 같은 맥락으로 특성을 추출할 수 있다. 이연숙, 「디아스포라와 국문학」, 『민족문학연구』 19호, 민족문학사학회, 2001, 59-61면.

하는 비지향성을 의미한다.[36] 이러한 특징들은 '의식'을 촉진시키는 결과를 초래하는데 디아스포라 의식의 확대는 공간이나 시간, 가치 조망의 확대를 가져온다. 이런 확대는 시적 언어를 통해서 확인될 수 있다.

디아스포라 개인은 '경험'하는 주체로서 '변증법적 사유'의 노정을 거쳐 '주체 형성'에 이르며 그 과정에서 디아스포라의 존재론적 탐색과 삶의 방향성은 다각도로 확장된다. 이는 디아스포라들이 '존립'하기 위한 일종의 '존재론적 모험' - '초월'[37]과도 같은데 이 과정에서 디아스포라는 자기와 타자 사이를 끊임없이 왕래하게 된다.

윤동주의 디아스포라 의식은 무엇보다 고등교육을 받은 엘리트 지식인이라는 것에서 출발한다. 윤동주는 만주의 부유한 가정, 윤영석의 장남으로 태어나 명동소학교 → 은진중학 → 평양숭실중학교 → 용정광명학원 등의 수학과정을 보냈다. 만주에서 평화로운 유년시기를 보냈으며 모국어 글쓰기를 통해 '상상적 공동체'를 꿈꾸었고 그 속으로의 완벽한 진입을 시도했다. 이는 만주에서 썼던 그의 초기 시를 통해서 잘 드러난다. 부친의 강력한 반대에도 불구하고 문학을 택한 것과 연희전문학교로의 유학 등은 윤동주가 문학을 통해 '탈영토

---

36) 윤대선, 『레비나스의 타자철학』, 문예출판사, 2009, 119면.
37) 레비나스는 현상학적 서술에서 주체 출현을 드러내는 과정은 익명적 존재에서 주체로, 다시 주체에서 타자로의 이행을 거친다고 보았는데 이 과정을 존재론적 모험이라고 부르는데 다른 말로 환원하면 '초월'인데 초월은 주어진 삶의 자리에 안주하지 않고 끊임없이 넘어가는 운동이다. 강영안, 『타인의 얼굴-레비나스의 철학』, 문학과지성사, 2005, 85면.

화'[38]를 시도했었다는 것을 알 수 있다. 그러나 식민지 상황에 처한 '모국'과의 만남은 그의 이런 꿈을 좌초시켰으며 역으로 더욱더 소외 시키는 결과를 초래했다. 라캉은 주체의 형성과정이 자기 자신과의 소외 과정을 통해 구성된다고 하였다.[39] 모국에서 윤동주는 내면으 로 깊이 침잠하는 방식으로 스스로를 소외시키는 데 이는 그 시기에 작성한 시들을 통해서 알 수 있다. 임현순 또한 윤동주가 양자택일이 불가피한 디아스포라 상황 속에서 '자발적 소외'를 통해 주체성을 형 상화함으로써 또 하나의 대립방식을 구현하였다고 보았다.[40] 그러나 임현순의 논의처럼 식민지 조선을 '모국이 처한 식민지상황, 암울한 시대상황' 등으로 단순화시키기에는 훨씬 복잡한 기제가 작동한다. 모국이라는 대상 속에 내재된 '타자성'은 영원히 제거될 수 없는 순환 적 알레고리의 연속이기 때문이다. '모국'이라는 '상상적 질서'가 결코 현실에서는 질서화 될 수 없음을 '식민지'라는 극단적 경험을 통해 확 인한 윤동주는 '자기 소외'를 통해 만주에서도 모국인 조선에서도 충 족되지 못한 '자기성'을 구축하고자 하였다. 그러나 일본으로의 유학 은 또한번 거대한 대타자와 조우하여 디아스포라 삶을 체험케 하였 고 '디아스포라 의식'의 갈등은 최정점을 치닫게 된다. 결국 윤동주는 시를 통해 이런 대타자들을 초월하는 방식으로 변증법적 디아스포라

---

38) 이는 들뢰즈·가타리의 『카프카-소수적인 문학을 위하여』에서 빌려온 용어이다. 이에 대해 최초로 언급한 글은 김유중의 「윤동주 시의 갈등 양 상과 내면 의식」에서이다. 이에 대해서는 3장에서 다시 언급하기로 한다.
39) 강영안, 앞의 책, 73-74면.
40) 임현순, 「윤동주 시의 디아스포라와 공간」, 『우리어문연구』 29권, 우리 어문학회, 2007, 481면.

의식의 변용을 구현해 내었다.

　윤동주의 디아스포라 의식은 또한 디아스포라 경험에 기초하여 발현되는데 초기에는 외부로부터 방해받지 않는 순수의식을 보여준다면, 후기로 갈수록 점차 '자기 부정'의 균열과 모순을 드러낸다. 이를 극복하기 위한 다양한 시도, 예컨대 '자기 소외'나 '희생'을 통해 갈등을 수용하고 초월하며 디아스포라 의식의 특징인 유동성을 수용하는 단계로 나아가는 것이다. 이런 변화는 평양 → 연전→ 동경 등에 따른 공간 이동과 청소년 → 청년기 전반 → 청년기 후반과 같은 시간의 순서에 따라 진행된다. 첫 번째 시기는 윤동주가 숭실중학교에 입학하기 위해 처음으로 고향을 떠나 공간적 이동을 경험한 35년 9월부터 연전유학을 결심하는 1937년 초까지 약 3년의 기간으로 윤동주의 나이로 하면 19~21세까지이며 주로 만주에 머물러 있던 시기이다. 두 번째 시기는 연전에 입학을 결심한 1937년 여름부터 1941년까지로 윤동주 나이의 22~25세에 해당되며 연전의 유학생활 대부분이 여기에 포함된다. 세 번째 시기는 연전 재학 후기인 41년부터 일본에 유학한 1942년까지로 25~26세에 해당하며 그는 이때 주로 일본의 도쿄와 교토 등지에 머물러 있었다.

　본고는 이와 같은 흐름을 유념하여 각 장을 구성하였다. 2장에서는 1930년대 만주 디아스포라들의 정체성 층위와 윤동주의 디아스포라 정체성이 다른 시인들과 어떻게 다르게 표상되는지 밝히고, 평양유학을 통해 자신의 민족적 정체성을 자각하고 자신의 지정학적 좌표를 '남쪽'으로 설정하게 되는 과정을 고찰한다.

3장에서는 부친과의 갈등을 거쳐 모국이라는 '상징적 질서'에 진입하지만 정작 '모국'이라는 실체에 대면했을 때, 오히려 욕망의 대상으로서의 고향 부재를 확인하게 되면서 상상으로 구축해왔던 순수의식과 결별하게 되는 과정을 다룬다.

4장에서는 고향부재의 확인과 순수의식으로부터의 결별로 인한 고통을 극복하기 위해 윤동주가 택한 기제들, 이를테면 타인을 위한 페르소나(persona) 희생이나 시·공간적 탐색을 통한 의식의 확장을 통해 절대적 순환의 유동의식에 도달하는 과정을 다룬다.

본 논문의 목적은 바로 윤동주 디아스포라 의식의 궤적을 따라가 보는 것이다. 그동안 윤동주를 보는 시각은 '저항시인', '민족시인'이라는 틀 안에서 주로 논의되어 왔다. 그러나 디아스포라 문학이 급부상하고 있는 지금 시점에서 디아스포라 시인으로서의 호칭 또한 중요한 의미망을 지닌다고 볼 수 있다. 이제까지 디아스포라 문학의 범주에 관한 논의가 거의 이루어지지 않았다는 점을 감안하여, 다음의 두 가지 조건을 제시할 때 (① 이산을 경험한 작가가 창작한 문학작품이여야 하며 ② 내용적 측면에서 디아스포라 주제를 담고 있는 문학이여야 한다.[41]) 만주 출신의 윤동주는 명백한 디아스포라 시인으

---

41) 본고에서는 이상의 두 가지 조건을 동시에 충족시킬 경우, 그것을 디아스포라 문학 안에 포함시키도록 한다. 이는 최근에 장미영이 디아스포라 개념을 보다 폭넓게 정의할 필요가 있다고 문제제기한 것까지를 포괄하기 위해서이다. 장미영은 민족, 국가, 인종이라는 경계가 약화되면서 문제시되고 있는 다문화적 삶의 형태를 '디아스포라'라고 하고 이러한 삶을 형상화한 문학작품을 '디아스포라 문학'이라고 통칭하는 것이다. 이 경우 최근 한국사회에 등장한 역 디아스포라를 다룬 문학까지 디아스포라 문

로 분류될 뿐만 아니라 그가 보여준 시 세계는 '디아스포라 문학적 특징'[42]을 온전히 보유하고 있어 디아스포라 문학의 층위에서 다시금 주목받을 만한 이유를 제시한다.

디아스포라 문학은 강렬한 이산체험을 바탕으로 특수한 체험에서 오는 새로운 주체 발생 및 대응방식을 가능하게 한다.[43] 또한 '단일민족 신화를 벗겨낸 그 지점에서 보편성과 월경적 가치를 확보할 수 있다'[44]는 측면에서 특정한 담론이나 지배를 초월하여 세계문학을 지향하고 있다. 이러한 흐름 속에서 윤동주에 대한 디아스포라 논의는 기존의 시각에서 한발 물러나 보편성을 획득하는 일이며 세계문학을 지향하고 있는 디아스포라 문학으로의 편입을 가능하게 한다.

윤동주의 디아스포라 의식을 쫓아가다 보면 한 가지 방법론으로는 설명할 수 없는 난점에 부딪히게 된다. 그리하여 본고에서는 시를 효과적으로 분석하기 위한 또 하나의 방법론인 '현상학'의 도움을 받고자 한다. 문학작품 연구에서 현상학적 접근은, 철학에서의 현상학이

학 안에 포함시킬 수 있다. 장미영, 「제의적 정체성과 디아스포라 문학」, 『한국언어문학』 68권, 한국언어문학회, 2009, 436면.

42) 첫째는 모국이나 떠나온 땅에 대한 그리움과 지향성을 끊임없이 노출하고 있다는 것이고, 둘째는 자신의 정체성이 어디에 있든 공간적인 단절로 인한 심리적인 단절을 경험하게 된다는 것이며 셋째는 이러한 단절과 갈등을 극복하기 위한 도전들이 의식적으로, 혹은 무의식적으로 끊임없이 시도된다는 것이다.

43) 이숙희, 「스파이와 모델 마이너리티를 넘어서: '네이티브 스피커'와 '제스처 인생'에 나타난 디아스포라적 주체의 가능성」, 『새한영어영문학』 51권, 새한영어영문학회, 2009, 134면.

44) 김환기, 「재일 디아스포라 문학의 '혼종성'과 가치」, 『일본학보』 78권, 한국일본학회, 2009, 125면.

대상으로 삼았던 '의식과 대상의 관계'를 원용한 것이다. 문학에 나타
난 의식은 읽는 이의 의식에 의해 포착된다.[45] 의식 현상학의 방법으
로 시를 읽을 때, 그 초점은 사물 자체로 돌아가는 시인의 의식이 어
떻게 작용하는가를 살피는 일이다.[46]

  현실 세계의 사실 자체보다는 사실과 인간 사이의 관련이라는 측
면에 더 무게를 두고 '인간의식'의 작용을 중요한 테마로 삼는 문학의
세계에 있어서 '의식의 경험'이라는 말은 타당성을 얻으며 현상학에
서 의식의 경험은 '체험'이라는 말로 나타난다.[47] 그리하여 디아스포
라 체험은 그들의 의식과 밀착하여 독특한 변증법적 사유를 돌파해
내는데 이 돌파는 존재하는 것을 직접 경험하는 데서 이루어진다고
볼 수 있다.[48] 변증법적 사유로 진행되는 의식의 흐름은 이질적인 세
계와의 마찰 및 갈등으로 인한 체험에서 촉발되며 디아스포라들의

45) 한영욱, 『한국현대시의 의식탐구』, 새미, 1999, 145-146면.
46) 사물 자체로 돌아간다 함은 시에서 시인의 관념작용의 억제를 뜻한다.
   또 한편으로는 의식 현상학 방법은 시인의 의식 작용에 주목한다. 의식
   작용이란 '주관성'을 뜻할 수 있다. 김병옥, 『현대시와 현상학』, 국학자료
   원, 2007, 39면.
47) 김병옥, 위의 책, 11면.
48) 이 돌파로서 전에는 전혀 알려지지 않았던 놀라운 사실들이 발견된다.
   이는 고대 희랍에서 철학의 시작이자 세계의 새로운 발견을 뜻하는 '경
   이'(驚異)로서 체험된다. 이 돌파로써 과학적 사고를 기반으로 하는 모든
   학문적 인식과 교육받은 문명인들의 일상 행동을 뒷받침하는 확고한 지
   반이 무너지고, 자명한 것으로 여겨지던 것들에 대해서 의문을 제기하게
   된다. 이는 존재하는 것, 즉 존재자(存在者)에 관한 기존의 일반적 이해
   그 자체의 좌절인 동시에 존재자 전체에 관한 새로운 이해하는 의미에서
   새로운 지식의 탄생을 뜻한다. 이것이 현상학 전체의 방향을 규정하고
   현상학의 동기를 이룬다. 이런 가운데 '의식'이 현상학의 주제로 등장한
   다. 위의 책, 38면.

각성을 불러온다.

  본고에서는 현상학의 관점으로 윤동주의 전 생애에 거친 작품들을 위에서 규정한 디아스포라 특성의 몇 가지 기준에 비추어 그 의식의 변화양상을 살펴볼 것이다.

2. 디아스포라 층위와 모국지향의 순수의식

2.1. 1930년대 만주 디아스포라 층위와 윤동주

이 장에서는 조선인들의 만주에 대한 인식과 만주국에서 조선인의 법적인 위치 및 조선인의 정체성은 어떠했으며 그 중 윤동주의 정체성은 어느 지점에 놓여 있었는지 고찰하려 한다. 우선 1930년대 조선인들은 만주를 어떻게 인식했는지 특히 일제의 식민지 국가체제 ― '만주국'의 틀 속에서 그들이 처한 사회적·법적인 지위는 어떠했는지를 살펴보도록 한다.

조선인들의 이주가 정식으로 승인 받은 것은 어윤중이 토지 소유권을 교부하여 한인들의 북간도 이주를 실질적으로 승인한 1883년의 일이었다.[1] 구한말, 기근을 탈피하기 위해서 농민과 노동자들이 만

---

1) 1870년 조선 서북지방에 극심한 흉년이 들어, 한인들이 두만강·압록강을 건너면서 이주 시작 그러나 청나라는 '봉금정책'을 실시, 비합법적인 '월간한민'을 법적으로 수용하지 않을 뿐 아니라, 조선 정부의 요구에 따라 1년 안에 조선으로 추방한다는 고시를 내린다. 그러나 1883년 서북경략사에 임명된 어윤중이 간도 개간지에 대한 토지 소유권을 정부차원

주, 연해주 등지로 이주한 것을 기점으로 조선인들의 만주 이주가 시작되었고[2] 그 후 일제강점기에 토지수탈로 인하여 생산수단을 **빼앗**긴 농민과 노동자들의 이주는 1930년대부터 1940년 중반까지 지속되었다.

그렇다면 그들에게 부여된 지위는 어떠했는가? 만주국은 재만 한인을 '보호' 한다거나 '불령선인'에 대한 토벌을 구실로 삼았기 때문에 '한인문제'는 항상 중·일 양국의 외교적 모순의 초점으로 대두되어 마찰과 대립, 충돌과 분쟁을 일으켰다.[3] 만주사변 전에 재만 한인들 중, 중국에 입적한 '귀화인'은(일본은 일방적으로 시종 승인하지 않았지만) 법적으로 중국인의 대우를 받았으나 그렇지 않은 한인은 '일본 신민'이란 신분으로 일본 영사관의 치외법권 범주에 속하게 되고 귀화했거나 그렇지 않은 재만 한인은 모두 중·일 양국의 틈새에 낀 '중간자적 존재'로 중국 측은 그들을 일제의 만주침략의 '주구' 혹은 '앞

에서 인정해 주는 문서인 지권을 교부하여 한인들의 북간도 이주를 실질적으로 승인하여 북간도 일대가 청나라 영토가 아니라 조선의 영토임을 주장하게 되었다. 최봉룡, 「기억과 해석의 의미: 「만주국」과 조선족」, 『만주 연구』 2권, 만주 학회, 2005, 99면.

2) 조선인들의 만주 이주는 크게 네 가지 경로로 분포된다. ① 구한말, 기근을 탈피하기 위해서 농민과 노동자들이 만주, 연해주 등지로 이주한 것 ② 일제강점기에 토지수탈로 인한 생산수단을 **빼앗**긴 농민과 노동자들이 만주나 일본으로 이주한 것 ③ 해방이후 한국 정부가 이민정책을 수립한 1962년까지, 한국전쟁 전후에 발생한 전쟁고아, 미군과 결혼한 여성, 혼혈아, 학생 등이 입양, 가족재회, 유학 등을 목적으로 미국과 캐나다로 이주한 것 ④ 1962년부터 현재까지 정착을 목적으로 한 이주 등, 네 가지이다. 윤인진, 『코리아 디아스포라』, 고려대학교출판부, 2005. 8-11면.

3) 최봉룡, 앞의 글, 101면.

잡이'로 오해하고, 일본 측은 그들을 '불령선인' 혹은 '赤化의 禍根'으로 간주하였다.[4] 일제는 만주국이라는 새로운 국가를 만들고 그것을 유지해감에 있어 재만 한인을 여러 민족들 속에서 가장 믿음직한 협조를 줄 수 있는 대상으로 간주하여 그들의 법적 지위를 보장하는 모습을 보였다.[5] 이러한 일제에 대해 조선인은 두 가지 태도를 보였는데 사회주의 계열에 속하는 조선인들은 반 만항일 투쟁에서 생명을 바쳐 일제에 대한 분노를 표현했고 또한 일제의 '以韓制夷'의 정책, 조선인을 이용하여 그들을 '2등 국민'으로 취급하여 개인의 영달과 벼슬의 꿈으로 유혹하기도 했다.[6]

만주를 중심으로 이루어진 제국주의적 이데올로기와 이에 대한 저항 담론들 간의 첨예한 대립은 당대 만주의 심상지리의 중요한 지점을 차지하고 있었다.[7] 1930년대에 들어서면서 만주는 다양한 이미지

---

4) 「간도집단부락건설개황」, 『조선총독부조사월보』, 소화십년, 6권 3호, 105면 인용; 최봉룡, 앞의 글, 101면.
5) 최봉룡, 앞의 글, 101면.
6) 민생단, 협화회, 간도협조회, 무장자위단, 및 선무공작반을 비롯한 친일 주구단체는 친일 조선인들이 중심이 되었고 만주국군, 국경감시대, 경찰, 관리 등 직업에 종사하는 친일조선인들도 수없이 많았다. 최봉룡, 앞의 글, 105면.
7) 당대 일제의 차별적인 식민 정책의 혼선-만주국이 내세운 '오족협화'와 조선총독부가 내세운 내선일체의 모순을 제기하였다. 즉 제국주의적 권력을 정당화시키기 위해 특정한 사건과 시대에 관한 '기억'을 축소하고 도구화 한 일제의 '기억정치'(memorial politik)는 '문화적 기억'에 개입하여 정체성의 혼란을 책동했다는 점과 결핍된 요소들을 치유시켜 줘야 할 민족의 기원이 제 기능을 하지 못하게 된 점이 그 이유가 된다. 조은주, 「일제말기 만주체험 시인들과 '기억'의 계보학적 탐색」, 『한국시학연구』 23권, 한국시학회, 2008, 36-40면.

를 거느리는 중층적 공간으로 표상되기 시작한다.[8] 그리하여 "이산, 정착, 유리와 탈출, 방황으로 점철된 무수한 다중적 정체성이 형성되고 경험되어왔던 역사적 현재적 장소"[9]로서 당대 조선인들에게 복합적이고 다층적인 공간으로 작동했으며 그들의 정체성도 각각 달랐다.

윤동주의 정신적 모태가 되는 명동촌이 북간도에 세워진 것은 1899년 2월 18일의 일이다. 두만강변의 도시인 회령, 종성 등에 거주하던 학자들 네 가문의 대소가 스물두 집의 식솔들 도합 141명 대 이민단이 일제히 고향을 떠나 두만강을 건넜다. 이들은 오늘날 명동촌으로 불리는 지대에 함께 자리잡아 한 마을을 이루었으며 그곳은 본래 동한(董閑)이라는 청국인 대지주의 땅으로 이민단은 미리 돈을 모아 선발대를 보내 그 땅을 사놓은 후 들어간 것이다.[10]

이들 학자들은 뚜렷한 동지적 목적의식을 갖고 이민을 단행했으며 그 동기는 다음과 같은 세 가지였다. "첫째, 척박하고 비싼 조선 땅을 팔아 기름진 땅을 많이 사서 좀 잘살아보자. 둘째, 집단으로 들어가 삶으로써 간도를 우리 땅으로 만들자. 셋째, 기울어가는 나라의 운명을 바로 세울 인재를 기르자."[11]

---

8) 조은주는 이를 비극적 유랑의 공간이자 생존을 위한 투쟁의 공간, 풍요를 보장받는 갱생의 공간이자 동아신질서가 구현되는 평화적 공간 등 상반된 이미지로 보았다. 조은주, 「디아스포라 정체성과 탈식민주의적 계보학 연구」, 서울대학교 박사학위 논문, 2010, 3면.
9) 김경일·윤휘탁·이동진·임성모, 『동아시아의 민족이산과 도시』, 역사비평사, 2004. 17면.
10) 송우혜, 앞의 책, 41면.
11) 고은, 「아버지와 어머니의 간도 이야기」, 『죽음을 살자』, 형성사, 222면.

이들의 이민 동기가 이렇듯 뚜렷했기 때문에 그 목적을 달성할 수 있었고 목적 중의 하나인 '인재 기르기'를 윤동주와 같은 시인을 키워냄으로 성취할 수 있었다. 이러한 과정은 윤동주로 하여금 독특한, 모국지향의 디아스포라 의식을 보유하게 하는 중요한 환경적 요소로서 작용한다. 윤동주가 자란 명동촌은 높은 교육열과 언어 감각에 특히 민감하였고 이민단의 주요 구성원들의 신분이 학자들이었던만큼 차별화된 민족교육을 받을 수 있었던 것이다.[12] 윤동주가 다녔던 명동소학교와 은진중학 또한 민족사상과 고취에 앞장서고 민족의식과 독립사상을 일깨워주는 일련의 스승들로부터 영향을 받을 수 있었던 곳이었다.[13] 그가 28년 생애에서 꼭 절반인 14년을 명동에서 살았다는 것 외에도 그의 인격 및 시적 감수성의 골격이 형성된 곳으로 아름다운 자연 환경과 윤동주 일가의 부유한 주거 환경도 중요한 영향 중의 하나이다.[14] 정우택은 이와 같은 요소에 대해 '자족적이며 자기

---

12) 권영민,『하늘과 바람과 별과 시 (윤동주 전집1)』, 문학사상사, 2008. 244면.
13) 김약연이 설립하여 경영하던 규암서숙(圭巖書塾)을 민족주의 교육을 시행하는 학교로 발전시켜 운영하던 학교로 윤동주는 명동소학교에서 조선 역사와 민족주의 및 독립 사상에 대해서 배우고 학교에 행사가 있을 때에는 태극기를 걸고 애국가를 부르는 등 애국심을 고양시켰으며 용정에 위치한 은진중학은 캐나다 선교부가 경영하는 미션스쿨로 이 당시 윤동주는 축구 선수로 활약하고 웅변대회에 나가는 등 다양한 재능을 발산한 시기이기도 했다. 이 당시에 윤동주에게 영향을 가장 많이 끼친 사람으로는 동양사와 국사・한문을 가르치던 명희조(明義朝) 선생으로 그에게 독립사상과 민족의식을 일깨워 주었다. 송우혜, 앞의 책, 265-266면.
14) 명동집은 마을에서도 돋보이는 큰 기와집으로 마당에는 자두나무들이 있고, 지붕 얹은 큰 대문을 나서면 텃밭과 타작마당, 북쪽 울 밖에는 30주(株) 가량의 살구와 자두의 과원, 동쪽 쪽대문을 나가면 우물이 있었고, 그 옆에 오디나무가 있었다. 그 우물가에서는 저만치 동북쪽 언덕

완결성을 갖춘 세계'라고 표현했다.[15)

   그리하여 동 시대 디아스포라 시인으로서 만주경험을 해왔지만 윤
동주의 시 세계는 이들과 다른 양상으로 전개된다. 윤동주는 그 시기
만주를 거쳐갔던 다른 국내시인에 비해서 오히려 '만주에 대한 의
식'[16)이 덜 반영되어 있는데 이는 그 당시 만주에서 활동했던 기타
시인들과 비교를 통해 드러난다. 1930년대 만주를 거쳐간 많은 작가
들 가운데 두만강을 중심으로 만주쪽 북방 일대를 무대로 삼아, 삶의
모습과 애환을 담은 작품을 발표한 시인들로 이찬, 백석, 이용악, 오
장환, 유치환, 이육사, 서정주 등을 꼽을 수 있다.

   이용악의 시에서 고향은 개인적인 그리움의 차원을 뛰어넘어 식민
지 시대의 궁핍한 삶에 대한 사회적 현실 인식까지 포함하고 있다고
많은 논자들은 언급한다. 고향의 북쪽은 '여인이 팔려간 나라'라는 표
현과 같이 일제의 토지수탈정책으로 만주나 간도, 시베리아 등지로
떠나야 했던 유이민들의 삶을 보여주고 있어[17) 주로 유랑의 고통과

중턱에 교회당과 고목나무 위에 올려진 종각이 보였고, 그 건너편 동남
쪽에는 이 마을에 어울리지 않도록 커보이는 학교 건물과 주일학교 건물
들로 이와 같은 환경은 윤동주 시적 발상의 원천이 되었다. 송우혜, 앞의
책, 2004, 24면.

15) 만주국 건국 이전의 북간도는 비교적 일제의 식민지적 강제가 덜 미쳤고,
   중국의 관권과 길항하던 지역이어서 상대적으로 독립성을 유지하고 있
   었다. 정우택, 「재만조선인의 혼종적 정체성과 윤동주」 37권 3호, 한국어
   문교육연구회, 2009, 220면.

16) 여기서 '만주에 대한 의식'이라고 하는 것은 만주를 중심으로 사유하는
   의식을 말하는데 기타 만주를 거쳐간 시인들이 '만주'를 타국이나 유랑지
   로 생각하는 경향이 드물었다.

17) 조병춘, 「이용악의 유이민시 연구」, 『세명논총』 3집, 세명대학교, 1994,

아픔에 초점을 맞추고 있다.

자발적인 유랑을 선택했던 백석의 시에는 행복했던 유년에 대한 그리움이나 그곳을 떠나온 자의 향수 같은 감정이 두드러지지 않고[18] 만주 여행 체험을 통해 사람과 음식을 매개로 만날 수 있는 세계와 여행지에서 만난 사람을 주로 묘사하고 있어[19] 만주라는 공간에서 중국인들과 화합하고 공감하며 참여하는 정신이 돋보이고 있다.

윤동주와 비슷한 삶의 궤적을 보이는 디아스포라 시인 심연수 또한 만주에서 청소년기의 대부분을 보냈지만 그의 시에는 고통스럽고 신산스러운 삶의 체험을 바탕으로 자신의 유랑민적 자각과 모국과의 심리적인 단절이 주로 표현되고 있다. 갈 곳 없는 디아스포라의 방황과 벗어날 수 없는 운명을 극복하기 위한 방법으로 자신이 처한 환경을 최대한 수용하려 하고 그 공간을 새로운 심리적 공동체의 장으로 익숙하게 환원하려는 노력 즉 '새 터전에의 적응과 동화'를 선택한다.

만주에 대한 체험과 기억의 역사를 바탕으로 한 윤동주의 정체성은 그가 태어나서 자란 명동촌의 특수성에 의해서 형성되었으며 이 정체성은 다음과 같은 특징을 지닌다.

첫째, 윤동주의 만주에서의 삶에는 유랑의 고통이 체험되어 있지 않다. 넉넉한 경제적 환경에서 자랐고 북간도는 일제 식민지의 영향

48면.

18) 강연호, 「유랑의 현실과 정착의 꿈」, 『인문학연구』 3권, 원광대학교 인문학 연구소, 2002. 89면.

19) 이경수, 「백석 시를 통해 본 문화의 충돌과 습합」, 『한국시학회 학술대회 논문집』, 한국시학회, 2008, 2면.

을 덜 받았으며 명동촌이라는 공간이 완벽한 '민족 공동체'의 역할을
해 왔기 때문이다.

둘째, 이러한 삶의 배경은 만주를 유랑의 공간으로 인식하기보다
는 유년의 따뜻한 기억을 채워줄 수 있는 '고향집'으로 환원한다.

셋째, 윤동주는 자발적인 '유학'을 통해 자신의 정체성 형성을 구축
할 기회를 가질 수 있었으며 '평양', '조선' 등으로의 고국체험은 디아
스포라 의식을 수정할 수 있는 계기가 되었다.

디아스포라 정체성은 신성한 고향과 순수한 종족성에 호소함으로
써 고정될 수 있는 공동체적 정체성을 부인하며, 변형과 차이를 통해
스스로를 지속적으로 새롭게 생산하고 재생산하는 정체성이다.[20] 지
정학적 지역성의 변동을 따라 디아스포라 정체성은 변화되며 디아스
포라 의식은 정체성을 바탕으로 구성된다. 다음 절에서는 '평양유학'
을 통해 윤동주의 정체성과 의식이 어떻게 변화되었는지 추적해 보
도록 한다.

2.2. 민족 정체성 자각과 모국지향 의식의 구축

윤동주는 용정에서 은진중학교 4학년 봄 학기를 마치고 1935년 가
을, 평양 숭실중학교 진학을 위해 처음으로 자신이 누구인지를 자각

---

20) 장은영, 「만주에 대한 중층적 공간의식-1940년대 전후의 시문학을 중심
    으로」, 『국제한인문학연구』 3권, 국제한인문학회, 2005, 276면.

하게 되는 유학을 떠났다. 평양 유학을 하면서 윤동주는 식민문화와의 접촉을 통해 적지 않은 인식적 충격을 받았으며, 이로 인해 자신의 시적 세계와 작가의식을 형성하는 데 큰 영향을 받았다.[21] 6개월간의 평양 유학을 통해 윤동주는 자신의 정체성의 좌표를 확인하고 나아갈 지점과 자신의 지정학적 지도를 더 자세하게 그리게 되는데 이 과정은 평양에서 유독 많이 작성된 '방위' 관련 시들을 통해서 구체화된다.

우선 자신의 정체성을 조선인으로 자각한 「食券」부터 살펴보도록 한다.

> 식권은 하로 세 끼를 준다.
> 식모는 젊은 아히들에게/ 한 때 힌 그릇 셋을 준다.
> 大同江 물로 끓인 국,/ 平安道 쌀로 지은 밥,/ 朝鮮의 매운 고추장,
> 식권은 우리 배를 부르게 하네.　　　　　「食券」 전문. 36. 3. 20

정우택은 이 시에 대해 "윤동주는 평양체류 기간에 의식이나 관념보다 몸과 감각으로 조선을 체험하였다."[22]라고 보았다. 만주에서는 당연시되던 '민족적인 것'에 대한 인식이 정체성 자각으로 구체화되

---

21) 명동촌은 지사들의 지역이었고 기독교를 믿은 덕분에 서구 세력의 보호를 받을 수 있었던 땅이었으며 은진중학교가 있는 용정 시내 역시 기독교와 서구 세력의 보호로 인해 일본의 힘이 미약하게 미치는 공간이었던 것에 비해서 평양은 일제 식민지 치하에 있었기 때문이다. 김남석, 「윤동주의 내면풍경과 시적 맹아」, 『한국문학이론과 비평』 13권 2호, 한국문학이론과 비평학회, 2009, 169면.
22) 정우택, 위의 글, 222면.

면서 윤동주는 '나는 누구인가'라는 물음을 던지게 되고 그것은 '음식'
을 통해 확인된다. 레비나스는 '자기성'의 확립을 '향유'와 '거주'의 행
위로 본다.[23] 즉 음식, 공기, 대화, 일, 잠과 같은 일상적인 것들이 삶
의 과정이고 삶의 내용이며 이런 것들과의 관계 속에서 주체가 형성
된다는 것이다. 정체성에 대한 잠재적인 인식은 이런 원초적인 '향유'
를 통해 의식의 표면 위로 떠오른다. 평양에서의 '거주'는 또 한편 자
신의 지정학적인 위치 즉 정체성의 좌표를 확인하는 계기가 되었는
데 그것은 처음에는 막연한 '그리움'의 정서를 통해 촉발된다.

> 제비는 두 나래를 가지었다./ 시산한 가을날
> 어머니의 젖가슴이 그리운 / 서리 나리는 저녁/ 어린 영은 쪽나래의
> 향수를 타고
> 남쪽하늘에 떠돌 뿐   「남쪽 하늘」 전문. 1935. 10. 평양에서

시 속에서는 '어머니'에 대한 그리움과 향수가 시의 주제로 표현되
고 있다. 고향집에 대한 향수의 정서를 계기로 그리움의 방위를 더듬
고 있다. 여기서 지정학적인 위치는 추상적으로 '남쪽'이라 하여 한반
도인 모국을 뜻하는 것인지 분명히 드러나지 않는다. 그러나 이 시를
통해 생애 처음 물리적인 이동을 경험한 윤동주가 공간적인 이동을
통해서 고향에 대한 향수를 발견하게 되고 이 향수는 만주의 점차 민
족 공동체와 같은 보다 근원적인 것에 대한 인식으로 확산되고 있다.

---

23) 강영안, 『타인의 얼굴-레비나스의 철학』, 문학과 지성사, 2005, 125면.

아롱아롱 조개 껍데기/ 울 언니 바닷가에서/ 주워 온 조개 껍데기
여긴여긴 북쪽 나라요/ 조개는 귀여운 선물/ 장난감 조개 껍데기
데굴데굴 굴리며 놀다/ 짝 잃은 조개 껍데기/ 한 짝을 그리워하네
아롱아롱 조개 껍데기/ 나처럼 그리워하네/ 물 소리 바닷물 소리
　　　　　　　　　　　　　「조개 껍질」 전문. 1935. 12.

　위의 시와 비슷한 정서로 작성된 「조개 껍질」이라는 시에서는 "여
긴 여긴 북쪽 나라요"라는 공간인식과 "나처럼 그리워하네"라는 그리
움의 정서가 표현되고 있다. 자신이 있는 곳을 '북쪽'이라고 상정함으
로 시 속에서는 드러나지 않지만 위의 시에서 언급한 바 있는 '남쪽'
에 대한 공간지향을 내포하고 있음을 추측할 수 있다.

　이 시는 「남쪽 하늘」에서보다 그리움의 대상을 '물 소리', '바닷물
소리' 등 한층 형상화된 이미지로 환원하여 보다 성숙한 시적 전개를
보여준다. 물은 모성의 상징으로 고향 및 근원적인 향수와 연결되어
있다. 그리하여 여기서도 시적화자가 그리워하는 '바닷물 소리'는 두
가지 상징적 의미를 제시하고 있다. 하나는 고향집과 같은 구체적인
고향에 대한 그리움이고 또 다른 하나는 할아버지의 고향인 한반도
등을 상징하는 근원적 고향에 대한 그리움이다. 그러나 아직까지 시
속에서 그 대상을 '남쪽'으로만 한정시키기에는 한계가 있으나 다음
시를 통해서 윤동주가 그리워하는 대상이 '남쪽'임을 분명하게 알 수
있게 된다.

　　헌 짚신짝 끄을고/ 나 여긔 웨 왔노/ 두만강을 건너서/ 쓸쓸한 이 땅에

　　남쪽 하늘 저 밑엔/ 따뜻한 내 고향/ 내 어머니 게신 곳/ 그리운 고향 집.　　　　　　「고향집」전문. 1936. 1. 6. 부제: 만주에서

　이 시에서는 이제까지 윤동주가 언급한 '남쪽 하늘'이 만주의 고향 집이 아니라 조상들의 고향인 한반도임을 확인할 수 있다. 이 시에서 '고향집'은 만주로 이주해 오기 전 할아버지와 아버지의 고향, 자신의 근원의 고향인 함북 종성을 의미하며 시 속에 등장하는 두만강은 모국을 환기시키는 매개체로서만 작동할 뿐이다.[24] 부제를 '만주에서'라고 붙임으로써 지리적인 구분은 더욱 확실해진다. 남쪽하늘의 모국은 '따뜻한 고향' 땅이고 두만강을 건너 온 만주는 '쓸쓸한 땅'으로만 표현되어 있기 때문이다.

---

24) '두만강'은 만주로 온 사람들에게 있어 고국을 떠나 온 '단절'의 시작이 되기도 하고 또 고향과의 관계를 연상시키는 대상물로서 의미를 가지기도 한다. 만주의 조선인들에게 있어 '두만강'은 민족의 흐름을 계속 이어가게 하는 상징적이고 역사적인 의미를 가진 강이다. 이런 강을 통해서 모국을 연상하는 경우만 있지 않다. 같은 시기 만주에서 청소년 시절을 보낸 디아스포라 시인인 심연수에게 있어서 두만강이나 '해란강'은 모국과의 연관성을 떠나 자신을 먹여 살리고 키워주었으며 새 터전에의 동화를 도와준 친구로서도 기능하였기 때문이다. 이와 같은 사실을 통해서 만주가 심리적인 정착지가 아니라 가보지는 못했지만 한반도가 자신의 고향임을 뚜렷이 인식할 수 있다. 윤동주가 비록 몸은 만주에 머물러있고 그곳이 타지임을 의식하지만 문화적인 지향성은 항상 모국을 향해 있다. 그것은 오히려 지리학적으로 떨어져 있음으로 인해서 본국에 거주하고 있는 기타 시인에 비해 더욱 뚜렷해지는 것이었다.

바줄에 걸어 논/ 요에다 그린 디도는/ 오줌 쏴서 그린 디도.
우에 큰 것은/ 꿈에 본 만주 땅/ 그 아래/ 길고도 가는 건 우리 땅.
「오줌쏘개 디도」 전문. 1936.

이 시에서는 아예 지도의 모습을 통해서 자신의 지리적 경계를 더
욱 확고히 다지고 있다. 자신이 태어나고 자란 '만주'는 결코 '우리 땅'
과는 구분되는 디아스포라 공간임을 자각한다. 이는 평양유학을 체
험하기 전과는 확연히 구분되는 인식변화로 만주에서의 삶은 모국어
사용, 민족 문화의 향유 등으로 민족 공동체로서의 '집합의식'25)을 형
성하였기 때문이다. 문화재로서의 모국어 습득과정은 개인의 정신
형성 과정으로 공동체의 사유 세계에 진입한 것을 의미하며 선조들
의 정신세계를 이해하고 사유 행위의 토대를 얻게 하였다.26) 환원하
면 비록 자기가 경험하지는 못했지만 모국어를 통해 공동체 의식 속
에 남아 전수되는 무의식적 집단 원형의 전유물 및 기억을 향유할 수

---

25) 집합의식이란 뒤르케임의 용어로, 사회관계를 달리 표현한 것인데 이는
    사회 구성원 간의 공통된 경험과 상호작용으로부터 발생하는 방식, 믿
    음, 감정 등을 의미한다. 장미영, 「제의적 정체성과 디아스포라 문학」,
    『한국언어문학』 68권, 한국언어문학회, 2009, 446면.
26) 언어를 습득한다는 것은 단순히 하나의 낱말이나 어휘를 습득하는 것에
    그치지 않는다. 그것의 음성적인 측면은 간단하게 습득된다고 해도 개념
    을 구성하는 능력은 오랜 습득 기간을 거쳐야만 가능하다. 언어가 문화
    재로서 기능하는 것이다. 인간은 성장하면서 언어 공동체의 언어 규범과
    정신을 습득하면서 모국어의 보존과 형성에 대해서도 일종의 책임을 진
    다. 문화재로서의 언어 습득과정은 곧 한 개인의 정신 형성 과정이기도
    한 것이다. 조영복, 「한국 현대시에 있어 모더니티의 발현과 자기 정체성
    확립 과정 연구」, 『한국문화』 30권, 서울대학교 한국문화연구소, 2002,
    127면.

있었다.

그러나 평양에서 '조선적인 문물'을 통한 새로운 자각은 그동안 구축해왔던 '상상적 공동체'[27]에 대한 인식에서 한발 나아가 '공간'에 대한 사유를 하게 만들었다. 즉 평양유학을 통해서 윤동주는 조선인으로서의 정체성 확인과 함께 불운한 민족 공동체의 현실을 인식하고 자신이 나아갈 근원적 고향에 대한 보다 섬세한 지도를 추적하였고 그것은 새로운 욕망의 대상이 되었다. 그 뒤의 시편에서 보면 알겠지만 그것은 '경성행'으로 구체화된다.

윤동주로 하여금 처음으로 고향을 떠나게 했던 숭실학교는 얼마 안 되어 신사참배 거부로 폐교되었다. 평양에서 자신의 꿈을 펼치지 못함으로 인해 윤동주는 다시 만주에로의 복귀를 꿈꾸며 그것은 '북쪽에 나래를 펴고 싶다.'는 시어를 통해 표현된다.

> 햇살은 미닫이 틈으로/ 길쭉한 일자(一字)를 쓰고 …… 지우고……
> 까마귀 떼 지붕 우으로/ 둘, 둘, 셋, 넷, 자꾸 날아 지난다./ 쑥쑥,
> 꿈틀꿈틀
> 북쪽 하늘로,
> 내사……/ 북쪽 하늘에 나래를 펴고 싶다.
>
> 「황혼(黃昏)」 1936. 3. 25.

---

27) 베네딕트 앤더슨이 언급한 실제로 존재하지는 않지만 혈연, 언어, 문화 등에 의해서 묶일 수 있는 허구적 공동 의식이다. Benedict Anderson, 윤형숙 역, 『상상의 공동체: 민족주의의 기원과 전파에 대한 성찰』, 나남, 2002, 98면.

그러나 다시 돌아간 만주에서 윤동주는 광명학원에 입학하게 되는데 광명중학교는 모든 수업을 일어로 진행할 정도로 친일계 학교였다. 평양숭실중학교와 달리 광명중학교는 철저하게 '일본'식 교육을 지향한 학교로 일본어와 일본역사를 가르쳤고, 일본인의 손에 의해 운영되었으며, 조선과 독립에 대해서는 철저하게 배제된 교육을 실시했다.28) 이에 문익환 목사는 평양숭실중학교에서 광명중학교로 전학한 것을 '솥에서 뛰어 숯불에 내려앉은'이라는 말로 묘사한다.29) 이런 상황은 윤동주로 하여금 만주 또한 자신의 욕망을 실현할 수 없는 불모의 공간임을 자각하게 만든다. 만주는 더 이상 유년의 따뜻한 기억으로 가득 찬 공간이 아닌 정치적 현실로 냉각된 접전지대였고 윤동주는 한층 더 예리해진 시각으로 정치적 문제를 주시할 수 있게 된다. 만주의 현실에 대한 인식을 드러내는 두 편의 시를 우선 보도록 하자.

　사이좋은 正門의 두 돌기둥 끝에서/ 五色旗와, 太陽旗가 춤을 추는 날,/ 금(線)을 그은 地域의 아이들이 즐거워하다.
　아이들에게 하로의 乾燥한 學科로,/ 해말간 倦怠가 깃들고,/「矛盾」두 자를 理解치 못하도록/ 머리가 單純하였구나.
　이런 날에는/ 잃어 버린 頑固하던 兄을 / 부르고 싶다.
「이런 날」전문. 36. 6. 10.

---

28) 송우혜, 앞의 책, 167면.
29) 송우혜, 앞의 책, 210면.

이 시에서는 만주 국기인 오색기와 일본 국기인 일장기를 나란히
세움으로 간도까지 점령의 손길을 뻗은 일제와 그 일제의 하수인이
되어 여전히 땅 싸움을 벌이는 만주국의 모습을 조소하듯 묘사하고
있다. 윤동주는 '아이들이 이해하지 못하는 矛盾'에 주목하고 있다.
여기서 '아이들'은 해맑고 무욕하며 순수함의 상징이 아니라 욕심에
눈이 어두워 더 가지려고만 하는 것으로 묘사함으로써 끊임없는 침
략으로 자신의 야욕을 채우기 위해 폭력적인 침입을 멈추지 않는 제
국주의를 뜻하기도 한다. 이때의 '잃어버린 형'은 고종사촌 송몽규를
지칭하는 것이라고 송우혜는 추측하지만[30] 평양유학 이후 인식의 변
화에 비추어 볼 때, 민족 공동체의 현실, 주권을 상실했지만 여전히
핏줄로서의 애틋함과 영원히 기억될 수밖에 없는 모국의 존재를 상
징한다고도 볼 수 있다. 같은 주제로 작성된 것으로 「陽地 쪽」이란
또 한 편의 시가 있다.

> 저쪽으로 皇土 실은 이 땅 봄바람이/ 胡人의 몰래밖퀴처럼 돌아 지나
> 고,/ 아롱진 4月 太陽의 손길이/ 壁을 등진 섦은 가슴마다 올올이 만진다.
> 　地圖째기 놀음에 뉘 땅인 줄 모르는 애 둘이,/ 한 뽐 손가락이 짧음
> 을 恨함이여.
> 　아서라! 가뜩이나 엷은 平和가,/ 깨여질가 근심스럽다.
> 「陽地 쪽」중에서. 1936. 6. 26.

---

30) 윤동주가 용정에 돌아와서 광명중학에 편입한 1936년 4월에 송몽규는
　독립운동하러 갔던 중국에서 일경에 체포되었다. 이 시가 씌어진 6월에
　는 웅기경찰서에 구금된 몸으로 갖은 고초를 겪고 있던 중이었다. 송우
　혜, 앞의 책, 215면.

대륙에서 불어오는 바람으로 봄에도 여전히 땅 차지하기에 여념 없는 만주국과 일본제국은 '지도 째기' 놀음에 빠진 철없는 어린이로 묘사가 된다. 그들의 욕심으로 인해 만주 땅에서도 결코 안심할 수 없게 되었다. '아이들'은 이러한 땅 다툼에 대한 이해관계에서 물러나 있는 아이들이 아니라, 모순된 현실을 인식하지 못하는 어리석고 욕심 많은 사람들 - 제국주의의 상징으로 볼 수 있다.

두 편의 시들에서 보여지는 곤혹스러움은 평양에서 느꼈던 감정 못지않게 만주에서의 삶도 불안함을 직시하게 된다. 만주의 현실에 대한 인식은 한편 윤동주가 추구하는 남쪽 - 모국에 대한 지향을 더욱 강하게 만드는 작용을 한다. 평양유학으로 인해 자신을 보호하고 성장하게 했던 공간이 더 이상 '완벽한 공동체'가 아니라 불안한 디아스포라 지대임을 알게 되고 이와 같은 정체성에 대한 자각과 공간을 보는 새로운 시각은 윤동주로 하여금 또 다른 '고향' 즉 새로운 대상을 욕망하게 만들었다.

> 늦은 봄 기다리든/ 土曜日날./ 午後 세時 半의 京城行 列車는/ 石炭 煙氣를 자욱이 품기고,/ 소리치고 지나가고,
> 한 몸을 끄을기에 强하든/ 공(뽈)이 磁力을 잃고/ 한 모금의 물이/ 불붙는 목을 축이기에
> 넉넉하다./ 젊은 가슴의 피 循環이 잦고,/ 두 鐵脚이 늘어진다.
> 검은 汽車 煙氣와 함께/ 푸른 山이/ 아지랑이 저쪽으로/ 까라앉는다.
> 「午後의 球場」 전문. 1936.5.

청운의 꿈을 안고 갔던 윤동주의 '평양행'은 결국 7개월의 짧은 시간으로 종결되고 말았다. 윤동주가 '평양행'에서 선택했던 이동수단인 기차는 공간이동을 가능하게 해 주는 매개체로서 자신의 삶을 펼칠 수 있는 곳으로서의 탐색을 가능하게 하며 자신의 공간적인 지향점과 활로를 모색하게 하는 촉수로서의 기능을 한다. 기차라는 유동성을 가진 기기는 공간이동을 통한 의식의 변화를 도래하게 하는 통로로서 작용도 하게 된다.

시 속에는 경성행 열차가 등장한다. 한창 전력을 다해서 달려야 하는 청춘 윤동주에게 있어 젊을 피를 소진시킬 수 있는 곳은 어디인가 하는 질문이 계속 떠오를 것이다. 주지한 바와 같이 젊은이들은 항상 위로 솟구치고자 하는 욕망을 지녔으며 만주에서 평양으로 출발할 때나 평양에서 다시 만주에 돌아오기 직전까지만 해도 그런 의지는 '북쪽으로 나래를 펼치자'와 같은 것들로 표현되어 왔다. 그러나 이런저런 크고 작은 '시련'31) 끝에 다시 만주에 왔을 때 윤동주는 또 한번 자신이 출발해야 할 지점을 모색할 수밖에 없었다. 산 아래에서 본 '푸른 산'이 기차 연기와 함께 가라앉는 이미지는 좌절과 혼란 속에서 낙망한 시적화자의 심경을 대신하여 표현하고 있다.

---

31) 이 시련은 여러 가지로 표상될 수 있다. 윤동주가 평양에서 조선인 민족 공동체의 현실을 목격한 것부터 시작하여, 친형처럼 여기던 송몽규가 감옥에 수감된 것으로 평양에 입학할 당시 윤동주가 시험 봐서 결국 본인의 학년보다 한 학년 낮은 급에 입학한 것 등등이 모두 포괄된다. 그러나 여기서 가장 중심이 되는 것은 여전히 평양에서 목격한 식민치 치하의 풍경일 것이다.

거리가 바둑판처럼 보이고,/ 江물이 배암이 새끼처럼 기는/ 山 우헤
까지 왔다/ 아직쯤은 사람들이/ 바둑돌처럼 벌여 있으리라

한나절의 太陽이/ 함석 지붕에만 비치고/ 굼벙이 걸음을 한든 汽車
가/ 停車場에 섰다가 검은 내를 吐하고/ 또, 걸음발을 탄다.

텐트 같은 하늘이 문허저/ 이 거리를 덮을까 궁금하면서/ 좀더 높은
데로 올라가고 싶다.   「山上」 전문. 1936. 5.

이 시는 시 제목처럼 산상에서 보여지는 풍경들을 시적 전개로 하
여 작성하고 있다. 첫 연에서는 거리와 강물들과 사람들의 모습이 주
된 이미지를 구성하고 있으나 두 번째 연에서 보듯 이 풍경들 속에서
무엇보다 눈에 띄는 것은 굼벵이 걸음을 한 기차의 등장이다. 기차는
정거장에 섰다가 다시 출발한다. 이와 같은 모습은 만주에서 잠시 멈
추어 섰지만 다시 앞으로 또 나아가고자 하는 의지를 표명하고 있는
데 '텐트 같은 하늘' 즉 불안한 현실이 해일처럼 밀려오는 두려움 속
에서도 여전히 다음 정거장에 대한 기대를 버리지 못하는 심경임을
알 수 있게 한다.

두 편의 시는 이처럼 산에서 기차를 보는 동일한 풍경을 이미지화
하고 있으나 정작 관찰하는 시점은 상·하 두 방향으로 나뉘어져 있
다. 이는 시적 화자의 미래에 대한 시각의 변화를 의미하기도 한다.
앞의 시점은 산 아래에서 위를 관망하는 풍경으로 평양에서의 좌절
때문에 낙망하는 정서가 다소 드러난다면 뒤의 풍경에서는 산 위에
올라가서 다시 한번 위로 올라가고자 하는 의지를 보인다. 그리고 그
것은 그 앞의 시에서 제시한 정거장인 경성행을 의미하기도 한다.

3. 모국체험과 고향의식의 균열

3.1. 내적 갈등양상과 고향에 대한 양가적 시선

연전으로의 유학, 모국과의 만남은 윤동주에게 있어서 일생일대의 주목할 만한 중대한 전환점이 되었다. 평양유학을 통해서 동경하게 된 '남쪽' 즉 경성에로의 진입은 윤동주가 내적으로 욕망하던 세계를 향한 진일보한 걸음이라고 볼 수 있으며 '상징적 질서'로의 진입을 의미한다. '상징계'는 라캉의 용어로 실재라고 믿고 다가서는 상상계에서 한발 나아가 그 대상을 얻고 접촉하는 단계를 일컫는다.[1] 그것은 '욕망'이라는 기능이 발휘될 때에는 상상계지만, 제 모습을 드러내는 순간에는 기능을 상실하는 상징계가 된다.[2] '남쪽 나라', '남쪽 하늘' 등의 시적 은유를 통해서 상상으로만 동경하던 '고향'에서 직접 체험한 연전으로의 유학은 '상징적 질서'로의 진입으로 볼 수 있다.

---

1) 대상을 실재라고 믿고 다가서는 과정이 상상계이고 그 대상을 얻는 순간이 상징계요, 여전히 욕망이 남아 그 다음 대상을 찾아 나서는 게 실재계이다. Jaques Lacan, 『욕망이론』, 민승기·이미선·권택영 역, 문예출판사, 1995, 19면.
2) 위의 책, 23면.

'상징적 질서'로의 진입에는 자신과 다른 또는 자신보다도 큰 초월적 질서, 즉 언어를 통해서 형성된 명령과 금지 체계의 수용이 필연적으로 수반되며 만약 이 과정에서 실패하면 건강한 주체의 구성이 불가능해진다.[3] 윤동주가 욕망하는 대상으로서의 고향은 단순한 공간이 아니라 주체를 실현할 수 있는 민족 공동체, 의식의 측면에서 보면 '자기 충족적 의식'을 유지할 수 있는 정신적 영역의 확보를 뜻한다. 윤동주는 초기에 '고향'에 대한 것을 이미지로 형상화 시켰으며 '시'라는 언어적인 기표를 통해 '완벽한 고향'을 구축해왔던 것을 통해 알 수 있다. 평양에서 한민족공동체의 실체를 확인했을 때에도 그 대상은 남쪽으로 전치되었을 뿐 사라지지 않았다. 그리하여 윤동주에게 있어서 고향은 '실향의식'의 대칭개념으로 쓰이는 '귀향의식'이 아닌 '지향적 고향'[4] 으로 평가되며 이는 공간으로의 귀환보다 더 거대한 유토피아에 대한 욕망으로 간주된다. 그러나 고향은 "의식의 자기충족성은 자아형성시 필연적으로 개입되는 오인으로부터 생겨난 환상"[5]이므로 '남쪽 고향' 또한 그 의식을 충족시킬 수 없고 오히려 더 큰 결여를 제공할 뿐이다.

그러므로 이 장에서는 두 가지를 다루게 된다. 첫 번째는 연전에 입학하기 전 윤동주 내면의 갈등상황과 두 번째는 연전에 입학하고

---

3) 위의 책, 73면.
4) 이는 기타 도피적 이상주의와 차별화되는 것으로, 식민화된 조국의 현실에 저항하고 주체적 방식을 찾아가는 시인의 의지를 함축적으로 내포하는 메타포로 보았다. 임현순, 앞의 글, 488-489면.
5) Jaques Lacan, 앞의 책, 46면.

나서 갖게 되는 경성 즉 '이상적인 고향'에 대한 심상과 북간도에서 목격하는 우울한 '고향의 초상'이다. 이것은 '이상적 고향에 대한 그림자'[6]로 동전의 양면과 같은 모습을 지니고 있다. 개인이나 인종뿐 아니라 이념이나 주의주장에도 그림자는 뒤따르며 그림자의 투사는 가까운 사람에게 뿐만 아니라 가까운 집단 간에 형성되기도 한다.[7] 이상적인 고향으로 설정된 경성 - 연전에서의 초기 삶은 명랑하고 희망에 가득 찬 미래지향적 의식으로 충만되어 있었다. 그것은 이 시기에 작성된 일련의 시편에서 확인될 수 있다. 그러나 자아의식이 강하게 조명되면 될수록 그림자의 어둠은 짙어지게 마련이다. 그 어둠은 북간도 이민자들의 우울한 디아스포라 초상과 연결되어 「아우의 印象畵」, 「슬픈 족속」 등으로 표현되며 이는 뒷장에서 보게 될 자의식 분열의 전조라 할 수 있다.

그렇다면 우선 연전으로 유학하기 전의 상황부터 살펴보도록 하자. 연전으로의 유학과 문과 선택은 윤동주에게 있어 쉽지 않은 결단이었다. 아버지의 극심한 반대에 따른 갈등이 있었기 때문이다. 김유중은 들뢰즈와 가타리의 '내재성'과 '욕망'에 관한 논리에 비추어 이러한 선택이 외디푸스 삼각형에서 벗어나기 위한 탈영토화 시도라고 언급한다.[8] 아버지는 윤동주가 의학을 전공하여 편히 먹고 살기를

---

6) 그림자란 융의 심리학적인 용어로 '나'(自我) Ich의 어두운 면, 즉 무의식적인 측면에 있는 나의 분신이다. 이부영, 『분석심리학』, 일조각, 1998, 71면.
7) 이부영, 앞의 책, 75면.
8) 각각의 분할 집단 속에 자리잡은 인간은 필연적으로 '기계'에 의해 규정된 '욕망'과 밀착하게 되고 윤동주에게 이 기계는 일본 군국주의라는 기

바랐지만 윤동주는 윤택한 물질주의 삶보다 정신적인 고양 - '의식의 충족'을 더 추구했다. 한편 평양에서도 민족의 그림자를 목격한 윤동 주에게 디아스포라 공간인 만주 또한 불완전한 지대로 여겨졌다. 이 런 이유들로 윤동주는 연전유학을 감행하게 된다.

이러한 갈등 양상은 시를 통해 잘 드러난다. 연전 입학 전 해에 작 성된 시들은 전혀 예측할 수 없는 미래의 삶에 대한 불안을 '첫 항해 하는 마음'으로 표현되기도 했다. 미래에 대한 이러한 불안한 상황은 윤동주로 하여금 끊임없는 감정의 변화를 경험하게 하고 이러한 정 서적인 움직임은 예고 없이 흐려지는 다양한 날씨로 표현된다.

윤동주의 시에서 의식의 흐름은 물을 통해서 현시되며 움직이는 물, 쏟아져 내리는 물은 내적인 의식의 변화와 갈등 그리고 새로운 세계를 향해 한발 나아가려고 하는 의지를 보여준다. 윤동주의 물은 일차적으로 대지를 풍요롭게 하는 것이며 홍수는 새로운 세계의 도 래를 예시하는 것이다.[9]

> 싸늘한 大理石 기둥에 모가지를 비틀어 맨 寒暖計,/ 문득 들여다볼
> 수 있는 運命한 五尺의 六寸의 허리 가는 水銀柱,/ 마음은 琉璃管보다
> 맑소이다.
> 血管이 單調로워 神經質인 與論動物,/ 가끔 噴水 같은 冷춤을 억지

계, 파쇼라는 기계, 근대라는 기계 이 세 가지로 작동한다. 아버지가 자 신의 것이 아닌 어떤 권력에 고개를 숙였으며, 그것은 근대의 일부인 일본 군국주의 파쇼라는 기계라고 보았다. 김유중, 「윤동주 시의 갈등 양상과 내면 의식」, 『선청어문』 21권 1호, 서울대학교 국어교육과, 1993, 268면.
9) 최동호, 『한국 현대시와 물의 상상력』, 서정시학 신서, 2010, 191-192면.

로 삼키기에,/ 精力을 浪費합니다.

零下로 손구락질할 수돌네 房처럼 칩은 겨울보다/ 해바라기가 滿發할 八月 校庭이 理想곱소이다./ 피 끓을 그날이——

어제는 막 소낙비가 퍼붓더니 오늘은 좋은 날세올시다. / 동저골 바람에 언덕으로, 숲으로 하시구려——/ 이렇게 가만가만 혼자서귓속 이야기를 하였습니다./ 나는 또 내가 모르는 사이에——

나는 아마도 眞實한 世紀의 季節을 따라,/ 하늘만 보이는 울타리 안을 뛰처,/ 歷史같은 포지슌을 지켜야 봅니다.

「寒暖計」전문. 1937. 7. 1.

「寒暖計」를 통해서 표현되는 것은 시적화자의 다양한 심경의 변화이다. 이런 변화는 단순히 본인의 변덕으로 흐려지는 것이 아니라 시대적인 흐름으로 인한 역사적 당위성을 부여 받는다. 시적화자 또한 마음을 온도계에 비유하고 있으며 '분수 같은 냉춤'과 같은 한기(寒氣)에 무방비적으로 노출되기도 하지만 여전히 자신의 사명을 다하기 위해서 모든 것을 감수하게 된다. 이는 앞으로 윤동주가 보여주는 희생적인 태도의 한 단면에 대한 예언적인 인식이기도 하다.

맑기도 하고 흐리기도 한 날씨의 상징은 또한 자신의 진로를 두고 고민하는 윤동주의 현실에 대한 방황과 고민의 한 증표이기도 했다. 시적화자가 지향하고 있는 것은 '소낙비'가 예고 없이 퍼붓는 계절이 아니라 해바라기가 만발하는 따뜻하고 날씨 좋은 계절임에 틀림없으나 시적화자는 '眞實한 世紀의 季節을 따라', '울타리' 안을 뛰쳐나가겠다고 선언하고 있다. 이처럼 예고 없는 폭풍을 정원 같은 '하늘만 보이는 울타리'라고 윤동주는 자신의 상황에 빗대어 설명하고 있다.
이는 아래 시의 '손바닥만한 나의 정원'과 같은 의미로 현재의 상황에
서 벗어나서 '역사 같은 포지션' 즉 역사의 질곡에 처해있는 '현실의
고향'으로 진입하고자 하는 시적화자의 의지를 표방하는 것이기도 하
다. 날씨 속의 소낙비와 같은 물의 입자는 윤동주의 의식의 방향성을
드러내준다.[10]

> 반개, 뇌성, 와자근 뚜다려/ 머— ㄴ都會地에 洛雨가 있어만 싶다.
> 벼루장 엎어논 한르로/ 살 같은 비가 살처럼 쏟아진다.
> 손바닥 만한 나의 庭園이/ 마음같이 흐린 湖水가 되기 일쑤다.
> 바람이 팽이처럼 돈다./ 나무가 머리를 이루 잡지 못한다.
> 내 敬虔한 마음을 모셔 드려/ 노아 때 하늘을 한 모금 마시다.
>
> 「소낙비」 전문. 1937. 8. 9.

「寒暖計」작성 이후, 약 한 달 만에 씌어진 「소낙비」라는 시에서는
소낙비 온 뒤 시적화자의 심적 상황을 잘 보여주고 있는데 윤동주가
이와 같이 소낙비에 유독 집중하고 있는 이유는 소낙비로 인해 시적
화자의 심리상태가 크게 동요하고 있기 때문이다. '소낙비' 또한 제어

---

10) 고정되지 않은 흐름은 물의 이미지가 지닌 본질적 속성의 하나로 그 역
동성을 통해서 지향성이라는 현상학적 특질을 드러내며 이는 시간적 존
재로서 인간의 삶이 지향하는 방향성과도 깊은 관계를 갖는다. 여기에서
물의 흐름은 의식의 흐름을 의미하는데, 이 의식의 흐름은 자연계에서의
시간의 흐름이 일회적이며 거슬러 갈 수 없다는 사실과 상반된다. 시인
은 주관적 의식 작용을 통해서 이 흐름에 저항하면서 독자적인 세계를
시화하는데, 이것을 시적 지향성이라 말할 수 있을 것이다. 최동호, 앞의
책, 200-201면.

할 수 없는 외부의 현실과 그로 인해 동요되고 영향 받을 수밖에 없는 시적화자의 예민한 내면을 잘 드러낸다. '바람이 팽이처럼 돈다'거나 '나무가 머리를 잡지 못하는 것'은 모두 중심을 잡지 못하고 혼란과 방황에 처해있는 상황임을 보여준다.

'노아 때'의 하늘은 인류 역사 이래의 가장 큰 홍수의 침해와 같은 큰 재난을 의미하는데 이때의 하늘을 언급하는 것은 지금 내리는 소낙비가 그때와 같은 강도로 시적화자의 마음에 강타하고 있음을 알 수 있게 한다. 그리하여 시적화자는 강도 높은 폭풍우 속에서, 역사의 가장 큰 홍수를 만나 유일하게 구원을 받았던 노아처럼 '경건'한 마음으로 미래를 대비하고 있는 것이다.

이처럼 물은 의식의 변화를 의미하기도 하지만 가장 근원적인 모성과 연결되어 있다.[11] 문학작품에서 고향의 공간적인 성격은 곧잘 '물'이나 '강'같은 이미지로 환원되어 표현되기도 한다. 강은 바로 이러한 속성을 지닌 물과 공간이 만나 구체적인 고향으로 부상할 수 있는 시적 대상물로 떠오른다. 시 속에서 표상되는 바다나 물의 이미지는 윤동주가 인식하는 고향의 상황을 제시하고 있다. 바다는 무서운 속성을 가지고 모든 것을 집어삼키는 거대한 존재로 등장하는데 '바다'로 떠난 아들의 모습을 통해 '아버지'와 다시 만날 수 없는 아들의 모습을 그리고 있다.

---

11) Gaston Bachelard, 이가림 역, 『물의 꿈』, 문예출판사, 1993, 24면.

후우-ㄴ한 방에/ 유언은 소리 없는 입놀림.
-바다에 진주 캐러 갔다는 아들/ 해녀와 사랑을 속삭인다는 맏아들/
이 밤에사 돌아오나 내다봐라-
평생 외롭던 아버지의 운명,/ 감기우는 눈에 슬픔이 어린다.
외딴집에 개가 짖고/ 휘양찬 달이 문살에 흐르는 밤.

「遺言」 전문. 조선일보 1937. 10. 24.

이 시에 등장하는 바다는 모든 것을 파괴하는 무서운 힘을 가졌다. 아들도 맏아들도 모두 바다의 속삭임에 **빠져** 결국 돌아오지 못하고 이는 마지막 길을 재촉하는 아버지의 한 맺힌 유언이 된다. 비록 3인칭의 시선으로 담담히 쓰고 있지만 바다의 유혹에 대한 공포와 한이 표현되고 있다. 아버지의 거센 만류에도 불구하고 연전으로 떠나기로 결심한 윤동주는 자신의 선택에 대한 일말의 불안과 부친의 선택을 따르지 못한 것에 대한 미안함도 가지고 있었던 것으로 보인다. 여기에서의 '바다'가 미래에 도착할 공간이나 고향을 상징하고 있다면 다시 돌아올 수 없는 길에 대한 두려움도 아들을 통해 암시되고 있다.

1, 3, 4연은 화자의 말이고 2연은 아버지의 말로 분리된다. '후어-ㄴ한 방'은 어슴푸레한 방과 임종을 지킬 아들조차 잃은 공허한 상황을 상징하고 2연은 집 떠난 아들이 보고 싶다는 것은 한 생애의 **뼈아**픈 고독감과 내부의 어둠을 극화하고 있는 유언이다. 아들은 노인의 꿈이다. 그런 아들이 진주 캐러가고 해녀와 사랑을 속삭인다고 하는 것은 단순히 곁에 없는 것이 아닌 환상적 목표를 찾아 떠나가 버린

것을 말한다. 그러기에 '밤에사'라는 조사를 통해 보람 없는 기대와 한을 발견할 수 있는 것이다. 결국 노인은 죽고 개만이 그 공간에서 짖는다.

윤동주는 1938년 2월, 광명학원 중학부 5학년을 졸업하고 4월, 고종사촌인 송몽규와 함께 연희전문학교 문과에 입학하게 된다. 연전에서의 삶은 윤동주의 생애에 있어 가장 풍요로웠던 시기로 꼽을 수 있으며 그것은 4년이라는 짧은 시간으로 끝이 난다. 윤동주의 많은 수작들이 이 시기에 창작되고 1년 2개월의 절필에도 불구하고 33편 (동시 5편 제외)에 달하는 다작을 할 수 있었던 것은 이 시기가 한 사람의 생에서 가장 빛나고 많은 열정과 고뇌를 품은 청년기였기 때문이며 암울한 식민체제에도 불구하고 우리말로 된 교육을 받을 수 있는 모국 최고의 전당인 - 연전에서 수학을 했기에 가능한 일이었다.

연전에 오기 전까지 윤동주는 '상상적 고향'에 대한 추구를 보여 왔다. '남쪽'에 대한 무구한 그리움과 환상이 이를 지속시켜 온 큰 동기로 작용하게 되며 이는 오히려 결핍을 보충하기 위해 더 강하게 집착하고 노력한 것으로 보인다. 연전과의 직접적인 만남을 통해 고향은 하나의 대상으로 구체화되는데 윤동주는 그 대상을 여성으로 그리고 있으며 그것은 초기에 완벽한 이상형으로 부각되어 있다. 지금까지 지리적인 위치를 통한 지각이나 물과 바다의 상징을 통해 고향을 인식해 왔다면 이제는 직접 관계를 맺고 구체적으로 인지할 수 있는 하나의 대상으로 형상화하게 된다.

順아 너는 내 殿에 언제 들어왔든 것이냐?/ 내가 언제 네 殿에 들어
갔든 것이냐?
우리들의 殿堂은/ 古風한 風習이 어린 사랑의 殿堂
順아 암사슴처럼 水晶 눈을 나려 감어라./ 난 사자처럼 엉클린 머리
를 고루련다.   「사랑의 殿堂」부분. 1938. 6. 19.

이 시에서는 지극히 이상적인 여성상인 순이가 등장하고 시적화자
는 이상적인 남성상인 '사자'로 표현된다. 화자는 '내 殿'에 들어온
'순', 그리고 '네 殿'에 들어간 '나'라는 말로 둘의 사랑이 이미 시작되
었음을 나타낸다. 이는 피상적으로 연모하거나 그리워하는 상태가
아니라 서로의 영지에 한 발 들어가 이미 관계가 맺어진 상태 혹은
물리적으로도 한 공간 안에 머무를 수 있게 되었음을 말하는데 그것
은 '전당'으로 표현된다.
    순은 '이상적인 여성상'[12]인 수정같이 맑은 눈을 가진 암사슴처럼
묘사 되어 있고 화자 또한 이상적인 남성상인 사자의 모습으로 표현
되고 있다. 윤동주의 여성은 단순한 여성상이 아니라 무의식의 지형

---

12) 이 '이상적인 여성상'은 또 한편 아니마로도 볼 수 있다. 아니마는 태어날
    때부터 인간이 가지고 나오는 가장 보편적이며 원초적인 행동유형의 요
    건으로 인간의 잠재의식에 기초하고 있으며 시인에게 있어서 아니마의
    바람직한 기능은 그의 아니마가 보내는 여러 가지 느낌, 기분, 기대와
    환상들을 시어로 형상화하여 둘 때 생기는 것이다. 에마 융은 내재된 아
    니마에 두 가지가 있다고 보았다. 하나는 개인에 속하며 의식적, 외면적
    남성성과 사이좋게 통합될 가능성이 있는 아니마이고, 또 한 가지는 개
    인을 초월하여 집합적, 무의식에 속하는 원형으로 개인적 인격의 통합
    대상과 원래대로 될 수 없는 아니마로 보았다. 본고에서는 이를 직접적
    으로 다루지는 않지만 그 가능성을 배제하지 않는다.

도 - '고향'과 연결되어 있다. 강처중은 다음과 같은 글에서 윤동주의
여성이 특정한 대상이 아닌 '고향에 대한 꿈'임을 밝힌 바 있다.

> "또 하나 그는 한 여성을 사랑하였다. 그러나 이 사랑을 그 여성에
> 게도 친구들에게도 끝내 고백하지 않았다. … …이것은 하나의 여성에
> 대한 사랑이 아니라 이루어지지 않을 〈또 다른 고향〉에 대한 꿈이
> 아니었던가. 어쨌든 친구들에게 이것만은 힘써 감추었다."
>
> 강처중 발문에서[13]

이처럼 「사랑의 殿堂」속에 드러난 윤동주의 여성은 지극히 순결하
며 아름다움과 생명력을 지니고 있고 또한 그것은 용맹스럽고 활기
찬 모습으로 그려진다. 아래의 시 또한 같은 맥락으로 완벽한 여성에
대한 찬미로 일괄한 시적 내용을 전개하고 있다.

> 淸楚한 코쓰모쓰는/ 오직 하나인 나의 아가씨,
> 달빛이 싸늘히 추운 밤이면/ 네 少女가 못 견디게 그리워/ 코쓰모쓰
> 핀 庭園으로 찾어간다.　　　　　「코쓰모쓰」 부분. 1938. 9. 20.

하늘하늘한 코스모스는 청순하고 아름다운 아가씨의 상징으로 많
이 사용되어 왔는데 이 시에서 또한 완벽한 여성상 - 윤동주가 찾아
왔던 이상적인 욕망의 대상으로 부각된다. 여기에서도 '전당'과 같은
의미의 '정원'이 등장하는데 이 정원은 시적화자가 자신의 이상적 여

---

13) 윤동주, 『하늘과 바람과 별과 시』, 열린 책들, 2007, 88면.

성과 만나는 마음의 공간이라고 할 수 있다. 그것은 아름답고 완결무구한 것으로 신비스럽고 고풍스러운 모습을 가지고 있으며 이상적인 배경으로서 완벽한 유토피아적 세계로 비추어진다.

위의 두 편의 시에서처럼 '고향'에 대한 욕망과 의식은 초기에 구현된 것으로 보인다. 그러나 아직 '고향'이라는 대상이 가지고 있는 그림자를 발견하지 못한 것일 뿐, 분리되지 못한 그림자는 북간도의 '고향'에 대한 '우울한 초상화'로 부각되는데 그것은 북간도 동포를 대상으로 하여 작성된 「아우의 印象畵」나 「슬픈 族屬」과 같은 시들이다. 남쪽 - 모국에 대해서는 무한한 낭만과 희망을 창출하고 있는 연전 초기의 시들과는 대조적으로 민족이나 혈족에 대해서는 '슬프고', '가난하며', '한 맺힌 것'으로 묘사되어 있다.

> 붉은 니마에 싸늘한 달이 서리여/ 아우의 얼굴은 슬픈 그림이다.
> 발걸음을 멈추어/ 살그먼히 애딘 손을 잡으며/ "너는 자라 무엇이
> 되려니"
> "사람이 되지"/ 아우의 설픈 진정호 설흔 對答이다.
> 슬며 ― 시 잡었던 손을 놓고/ 아우의 얼굴을 다시 들여다본다.
> 싸늘한 달이 붉은 나마에 젖어,/ 아우의 얼굴은 슬픈 그림이다.
> 「아우의 印象畵」 전문. 조선일보. 1938. 9. 15.

이 시를 직접적인 고향체험에서 나온 것이라고 보는 이유는 이 시기가 고향에 내려가 있었던 시기로 시의 창작 근거가 분명히 제시되기 때문이다. 이 당시 윤동주는 연전에서 첫 학기를 보내고 방학을

맞아 북간도로 내려왔으며 시 속의 아우와의 문답은 시적 상상이 아니라 실제 대화에서 기인한 것이다.[14]

그러나 동생들과의 수많은 대화중 유독 이 부분만을 선택하여 시화한 것에는 또 다른 의미가 있다. 시 속에서의 '붉은 이마'의 아우의 얼굴에는 '싸늘한 달'이 서리어 있다. 이것은 또한 시적화자의 눈에 '슬픈 그림'으로 비추어진다. 붉게 보일 정도로 아직은 덜 성장하고 성숙한 이마, 그리고 거기에 비추어진 '싸늘한 달'이 하나로 연결되어 애상적인 분위기를 연출하는데 '붉은 이마'는 '어리고', '철이 없고', '힘없는' 모든 유약함에 대한 상징이다. 이는 곧 북간도에 이민 간 가난하고 힘이 없으며 무엇보다 '꿈이 없는' 디아스포라 동족 조선인을 아우르는 것이기도 하다.

아우는 '사람이 되지'라는 덜 성숙한 대답을 하게 되는데 이 대답은 시적화자로 하여금 '싸늘한 달'의 이미지를 변형시키게 한다. 첫 행에서 '붉은 이마'에 서리었던 '싸늘한 달'은 마지막 행에 와서는 '붉은 나마'에 젖게 될 정도로 심화되어 있기 때문이다. 아우의 얼굴은 그대로인데 한 차례의 문답과 그 문답을 들은 시적 화자의 내면을 통하여 이와 같은 이미지의 변화가 일어나게 된다. '싸늘한 달'이 비친 얼굴

---

14) 윤동주 시 중에 1938년 9월 15일자로 된 '아우의 인상화'라는 제목의 시가 있지요? 그것이 연전에 입학한 해 여름방학에 집에 다니러 왔을 때의 시지요. 내가 일주에게서 들었는데, 그게 그때 실제로 그대로 있었던 일이라고 하더군요. 동주 오빠가 그렇게 묻고 일주가 그렇게 대답한 일이 있다고요. 그때 우리 형제들은 오빠가 방학으로 집에 오기만 하면 얼마나 매달리며 좋아했었는지……. 송우혜, 앞의 책, 244면.

은 디아스포라의 운명이 드리워진 것이며 '꿈을 가지지 못한' 아우의
대답을 통해 디아스포라의 상징인 아우의 얼굴은 한층 '슬픈 그늘'이
질 수밖에 없게 되는 것이다. 이것은 또한 윤동주가 북간도 동족을
바라보는 시선이기도 하다.

> 흰 수건이 검은 머리를 두르고/ 흰 고무신이 거친 발에 걸리우다.
> 흰 저고리 치마가 슬픈 몸집을 가리고/ 흰 띠가 가는 허리를 질끈
> 동이다.　　　　　　　　　　　　　　　　　　「슬픈 族屬」 전문. 1938. 9

이 시 또한 같은 시기에 작성된 것으로 시 속의 '흰 수건', '흰 고무
신', '흰 저고리 치마', '흰 띠'는 우리 민족의 상징이기도 하지만 이는
또한 북간도에 이주해 간 조선족을 가리키는 것이기도 하다. 이 시는
9월에 작성된 것으로 알려져 있을 뿐 정확한 일자가 명시되어 있지
않다. 그러나 1938년 9월은 윤동주가 방학을 맞아 고향에 내려가서
시간을 보낸 시기이므로 「아우의 印象畵」를 작성한 것과 같은 시기
로 볼 수 있다. 특히 아래의 증언을 통해서 고향 북간도에서 목격한
것이라고 추정할 수 있을 것이다.[15]

윤혜원 씨의 증언에 비추어 봤을 때 집일도 곧잘 거들고 산책을 즐
겼던 윤동주가 고향집에 내려가 있으면서 목격한 풍경을 시화한 것

---

15) …… 대학생 신분이면서도 방학 때 집에 오면 할아버지의 삼베 한복을
　　척 걸쳐 입고는 할아버지를 도와 소먹이 닭모이 등을 만들기도 하고, 산
　　으로 소를 먹이러 가기도 했지요. … … 그런가 하면 할머니와 어머니가
　　두부를 만들려고 콩을 맷돌에 가는 걸 같이 도와드리기도 했지요. 송우
　　혜, 앞의 책, 246면.

으로 볼 수 있기 때문이다. 시 속에 드러난 심상을 여인이라고 봤을 때 흰색으로 일색한 여인은 거친 노동에 찌든 가난하고 슬픈 모습을 띄고 있다. 이는 「아우의 印象畵」와 비슷한 분위기를 보여주며 동족의 슬픔을 형상화하고 있다. 물론 여기에서 동족은 한민족을 일컫는 것이기도 하지만 세밀하게 구분해 본다면 같은 거주 공동체인 북간도 디아스포라 조선인을 지칭한다. 그것은 「아우의 印象畵」와 유사한 심상으로 대상을 포착하고 있으며 하나의 인상화를 보는 듯한 묘사로 시의 주제를 드러내고 있기 때문이며 그 주제는 '슬픈 모습'으로 귀결되기 때문이다.

　이런 상반된 분위기의 시들이 모두 연전 초기 즉 같은 시기에 씌어졌다는 것은 윤동주의 의식 분열이 서서히 일어나고 있음을 보여준다.

3.2. 응시를 통한 타자인식과 순수의식과의 결별

　이 절에서 다루는 시들은 연전 초·중반에 해당되는 1939년, 1940년의 시들을 주 대상으로 한다. 이 시기는 윤동주가 연전에서 보낸 시간 중 가장 적은 시를 창작한 두 해에 속한다. 두 해 합하여 창작 시편이 9편 밖에 이르지 않고 특히 40년에는 「소년」, 「팔복」, 「위로」 3편 밖에 되지 않았고 이 3편 또한 1년 2개월의 절필[16] 끝에 나온

---

16) 1939년 9월 「자화상」 이후로 윤동주는 더 이상 시를 쓰지 못하고 1940년 12월까지 1년 2개월 동안 절필하게 된다.

것이다. 연전 유학 온 첫 해도 아니고 졸업 학기도 아닌, 가장 왕성한
작품 활동을 할 수 있는 중간 학기에 이토록 작품 수가 저조한 것은
내적인 의식에 변화가 생겼음을 추측해 볼 수 있다.[17] 윤동주의 현실
에 대한 의식의 변화는 자신의 내면의 거울을 통해 인식된다. 우선
1년이 넘은 절필 끝에 작성된 「자화상」이라는 시에서부터 논의를 시
작해보자. 이 시를 나르시즘으로 접근한 연구자들은 김윤식,[18] 마광
수,[19] 문현미[20] 등이 있다. 이들은 거울을 자기성찰의 매개로 삼았다
는 것에 공통으로 동의한다.

'거울'이라는 말 자체는 여러 의미를 가진다. 그 의미론적 영역은
신화에서 자아(自我)의 글쓰기까지, 상징성에서 있는 그대로의 뜻에

---

17) 당시 1939년 11월 10일에 공포된 법령 '조선인의 씨명에 관한 건'(창씨개
    명령)이 있었다. 뿐만 아니라 한국어 일간지인 『동아일보』와 『조선일보』
    가 8월 10일자로 폐간 당했다. 각종 시국사범이 양산되는 중에 9월에는
    '기독교반공작사건'이라는 것이 벌어져 전국적으로 다수의 기독교들이
    피검되었다. 각 종 생필품들이 배급체제로 유통되도록 제도화되었는데
    일제 치안당국에 밉게 보인 사람들은 배급에서 제외되었다. 전국적인 규
    모로 그물처럼 짜여진 조직망인 '국민정신총동원연맹'이 온 국민의 일상
    생활은 물론 정신생활까지 통제했다. 이러한 외부적인 상황도 어느 정도
    영향을 끼쳤을 것이라고 사료된다. 송우혜, 앞의 책, 270면.
18) 김윤식은 한국시사에서는 나르시스의 이미지가 일차적으로 윤동주의
    「자화상」에 있다고 보았다. 김윤식, 『한국현대시론비판』, 일지사, 1996,
    63면.
19) 마광수는 「자화상」에서 '우물'은 윤동주의 나르시시즘의 대상으로서, 또
    스스로의 내면을 비춰볼 수 있는 대상으로서의 '거울'이 된다고 했다. 마
    광수, 『윤동주 연구』, 철학과 현실사, 2005, 130면.
20) 문현미는 릴케와 비교하여 거울 모티브를 중심으로 나르시즘 존재론을
    고찰하였다. 문현미, 「윤동주의 나르시시즘적 존재론」, 『한국시학연구』 2
    권, 한국시학회, 1999, 38면.

이르기까지 양극단을 포괄하며 때로 의미가 겹쳐지지도 한다.[21] '상
징계의 모태'인 거울은 정체성 탐구의 동반자이며 거울의 단계는 상
징적 활동 단계의 한 부분이다.[22] 거울을 보고 자기 모습임을 아는
것은, 주체가 자기 자신을 객관화하고 안과 밖을 구별하는 정신 작용
을 거쳐야 된다. 인간은 언제나 수없이 많은 얼굴을 가진 동일자(同
一者)이면서 타자(他者)이며, 닮았으면서도 다르다.[23]

---

21) 우선 거울은 신비주의의 어휘에 속하며, 인간이 자기 자신을 바라볼 수
있는 권리에 대해 지표를 설정하고 존재와 외관의 변증법을 전개시키는
도덕적 담론을 낳는다. 그 다음에 산발적으로 자전적 증언들 속에 자아
정체성의 구성체로 등장한다. Sabine Melchior Bonnet, 윤진 역, 『거울의
역사』, 에코 리브르, 2001, 13면.

22) 거울 앞에 선 아이는 단편적으로 조각난 육체의 상을 벗어나 단일한 상
을 갖게 되고, 자신의 모습을 바라보며 즐거워한다. 그리고 거울에 비친
상과 그 실제 모델인 자신의 차이를 이해하고, 거울에 비친 자기 모습
앞에서 새로운 투사 기능을 얻게 된다. 그것은 곧 정신적 공간의 확대이
다. 거울을 통한 단일성은 점차적으로 형성되며, 또한 그대로 유지하기
위해서는 노력이 필요하다. 그 어느 순간에도 완전한 단일성을 획득하는
것은 불가능하기에 거울은 자기확인과 자기표상의 보조자이며 깊은 내
면의 심리적 불안을 드러내기도 한다. 앞의 책, 14-15면.

23) 라캉이 말하는 거울의 단계, 즉 개인이 제3자의 시선을 빌어 '안'과 '밖'을
발견하는 단계는 수 세기의 역사를 거쳐 이루어졌다. 종교적·사회적 영
역 안에서 주체와 정체성의 개념이 형성된 것은 거울이 사용되고, 또 반
성적 이중화, 즉 자화상이나 자서전이 생겨나면서이다. 이러한 바탕에서
자신의 모습을 바라보는 사람은 인간이 신의 어떤 모습을 닮았는지, 그
리고 같은 인간들끼리는 어떤 연대로 연결되는가를 찾아내려 노력했다.
인간의 개별성, 다양성보다는 그 보편성이 중요한 것이다. 하지만 때로
잘 알려진 전범(典範)들이 제공하는 안전한 한계를 넘어서 낯설고 불안
한 자신의 모습을 발견하기도 한다. 자신과 완전히 다른 사람의 흔적을
보면서, 자신에 대해 가지고 있는 의식이 흔들리며 소외되는 것이다. 거
울은 모든 자화상에 나타나는 모호하고 변화하면서 반복되는, 그리고 형
체를 일그러뜨리는 구조를 강조한다. 이것이 바로 거울에 비친 자기 모

이와 같은 라캉의 견해에 비추어 보면 '거울'을 통해서 보는 것은 '자기'의 모습이지만 이 '바라봄'을 통해서 주체는 안과 밖을 구분하고 타자와 그 타자들로 구성된 세상을 '응시'하게 된다. 이 '응시'라는 것에 주목해 볼 필요가 있다. 라캉에 따르면 '응시'란 "우리가 시야에서 발견하는 것으로 신비로운 우연의 형태로 갑작스레 접하게 되는 '경험'이며 거세공포에 의해 주체가 '상상계'에서 '상징계'로 들어서는 것과 같이 이는 즉 바라보기만 하던 것에서 보여짐을 아는 순간 일어나게 된다."[24] 이는 실재라고 믿었던 대상이 자신의 욕망을 충족시키지 못함을 깨닫게 될 때 일어나며 응시를 통해서 자신과 타자를 구분하게 된다.

「自畵像」으로 돌아와서 보자.

산모퉁이를 돌아 논가 외딴 우물을 홀로 찾아 가선 가만히 들여다 봅니다.
우물 속에는 달이 밝고 구름이 흐르고 하늘이 펼치고 파아란 바람이 불고 가을이 있습니다.
그리고 한 사나이가 있습니다./ 어쩐지 그 사나이가 미워져 돌아갑니다.
돌아가다 생각하니 그 사나이가 가엾어집니다. 도로 가 들여다보니 사나이는 그대로 있습니다.
다시 그 사나이가 미워져 돌아갑니다./ 돌아가다 생각하니 그 사나

습, 그러니까 원래의 모습과 같으면서 동시에 다른 모습이 갖는 모호성, 동시에 풍요로움이다. Jaques Lacan, 앞의 책, 17면.
24) 위의 책, 32면.

이가 그리워집니다.

　우물 속에는 달이 밝고 구름이 흐르고 하늘이 펼치고 파아란 바람
이 불고 가을이 있고 追憶처럼 사나이가 있습니다.

「自畵像」 전문. 1939. 9.

　시 속에서 화자는 '우물'을 응시하는 것에서부터 시적 상상력을 가
동시킨다. 여기서 거울은 고철로 된 인위적인 거울이 아니라 '물'이라
는 자연의 질료로 구성된 거울이다. 물의 거울은 살아 움직이는 유동
성의 물질이며 무한한 깊이의 비밀을 심연에 담고 있다.[25] 이 물로
구성된 '거울'은 윤동주의 유동하는 의식을 드러내며 '우물'을 응시하
는 시선 또한 불안하다. 시선은 바라보는 대상으로서의 사나이에 대
한 변덕스런 감정을 드러낸다. 요컨대 '미움'과 '그리움'을 동반한 이
중적인 감정은 의식의 분열을 상징하며 시적 화자의 의식이 또 다른
단계로 진입하게 됨을 의미한다.

　「慰勞」에서 응시는 더욱 적극적으로 일어난다. 시야의 범위는 더
욱 확장되었고 응시+관찰을 통해서 확장된 세계와 증폭된 대상들을
이끌어내는데 주저하지 않는다. 시 속에서는 매개물이 지정되지 않
았지만 시적 화자는 여전히 보이지 않는 거울 즉 '바라봄'을 통해서
의식의 변화를 꾀한다. 이 변화된 의식은 일차적으로 '타자의식'[26]이

---

25) Gaston Bachelard, 앞의 책, 37-38면.
26) 라캉은 데카르트의 「나는 생각한다, 고로 존재한다」는 통합된 주체를
　　「나는 생각하지 않는 곳에 존재한다」는 식으로 바꾼다. 바라보기만 하는
　　'나'가 아니라 보여짐을 당하는 '나'도 있다는 주체의 객관화한다. 보여짐
　　을 모르는 주체는 바라봄이 보여짐에 의해 분열된다는 것을 모르는 독선

며 이 타자의식이 민족과 국가라는 경계에서 고민하게 될 때 그것은
디아스포라 의식과도 연결된다.

구체적으로 시를 통해서 접근해보자.

거미란 놈이 흉한 심보로 病院 뒤뜰 난간과 꽃밭 사이 사람 발이
잘 닿지 않는 곳에 그믈을 처 놓았다. 屋外療養을 받는 젊은 사나이가
누워서 치여다 보기 바르게—

나비 한 마리 꽃밭에 날어 들다 그믈에 걸리였다. 노—란 날개를
파득거쳐도 파득거려도 나비는 자꼬 감기우기만 한다. 거미가 쏜살같
이 가더니 끝없는 실을 뽑아 나비의 온몸을 감어 버린다. 사나이는
긴 한숨을 쉬였다.

나(歲)보담 무수한 고생 끝에 때를 잃고 病을 얻은 이 사나이를 慰
勞할 말이 —거미줄을 헝클어 버리는 것밖에 慰勞의 말이 없었다.

「慰勞」 전문. 1940. 12. 3.

앞의 시와의 변화에 주목할 필요가 있다. 응시의 대상으로서의 타
자가 더욱 구체적이고 선명하게 드러난다. 「자화상」에서는 단일한
존재가 감정을 통해서 분화했던 것에 비해 이 시에서는 분화한 존재
에 이름과 역할을 명명함으로 서사구조가 가능해진다. 다시 말하면

적인 주체로, 타자를 인정치 않는 고립된 주체이며 심한 경우 히틀러처
럼 역사를 광기로 몰아넣는다. 그리하여 라캉은 주체를 결핍으로 보고
욕망을 환유로 본다. 그것은 주체를 대상에 대한 왜곡된 집착에서 벗어
나게 할 뿐 아니라 스스로도 어쩔 수 없는 오인의 구조를 지니고 있다는
것을 깨닫게 하여 '타자의식'을 갖게 한다. 이 타자의식이 라캉의 이론이
지닌 미덕이요, 그의 이론이 문학, 정치, 사회, 여성이론으로 확대되는
근거이다. 위의 책, 20-21면.

「자화상」에서 '미움', '그리움' 등의 감정에 의해서 막연히 분열되었던 '자아'는 「慰勞」에 와서 주체와 객체로 나란히 분열되며 이로서 타자의 정체가 확연히 드러난다. 그러면 여기서 새롭게 등장한 타자로서의 나비의 상징은 무엇으로 규정할 것인가 이 시 해석의 핵심적인 돌파구가 된다.

여성적인 속성을 가지고 있는 타자로서의 나비는 일차적으로 윤동주 의식 속에 있는 거대한 여성상 - '모국'을 상징한다. 그러나 이 모국은 '상상적 공동체'로서의 모국이 아니라 '실재계'로 추락한 현실세계의 모국을 의미한다. '사나이'는 자신의 페르소나, 그리고 거미는 나비의 '추락'을 발생케 한 원인이다. 윤동주가 진입한 실재계는 이처럼 구체성을 띄고 그 모습을 드러내는데 이 장면에서 도드라진 이미지는 '무력한 나비'와 '거미'의 폭력성'이다. 이들의 관계에서 보면 정작 주체자로서의 '사나이'는 아직까지는 소극적인 자세를 취하고 있음을 알 수 있다.

'나비'는 날지도 못하고 거미줄에 걸리게 되는데 이는 거미의 소행이지만 '나비'의 유약함에 대한 반증이기도 하다. 날개를 가진 나비가 불운하게 날개를 꺾고 죽음에 처하게 되고 이를 지켜보는 '사나이'는 안타까운 마음에 '거미줄을 헝클어뜨리지만' 그것은 '위로'에 그칠 뿐 직접적인 대안이나 궁극적인 구원에는 이르지 못하고 있다. 거미의 등장은 나비를 괴롭히는 제3자가 존재하고 있음을 말해준다. 쏜살같이 가서 끝없이 실을 뽑는 거미의 존재는 '모국'을 괴롭히는 원흉으로서 작용한다. 그러나 사나이는 이를 지켜보기만 할 뿐 적극적으로 나서지 못하고 다만 거미줄을 헝클어 버리는 행동으로 위안을 삼을 뿐이다.

「병원」이라는 시에서는 이러한 응시+관찰+행동을 통해서 적극성이 한층 더 부여된 시적 화자의 의식을 만날 수 있다.

> 살구나무 그늘로 얼골을 가리고, 病院 뒤뜰에 누워, 젊은 女子가 힌옷 아래로 하얀 다리를 드러내 놓고 日光浴을 한다. 한나절이 기울도록 가슴을 앓는다는 이 女子를 찾어오는 이, 나비 한 마리도 없다. 슬프지도 않은 살구나무 가지에는 바람조차 없다.
>
> 나도 모를 아픔을 오래 참다 처음으로 이 곳에 찾어왔다. 그러나 나의 늙은 의사는 젊은이의 病을 모른다. 나한테는 病이 없다고 한다. 이 지나친 試鍊, 이 지나친 疲勞, 나는 성내서는 안 된다.
>
> 女子는 자리에서 일어나 옷깃을 여미고 花壇에서 金盞花 한 포기를 따 가슴에 꼽고 病室 안으로 사러진다. 나는 그 女子의 健康이 —— 아니 내 健康도 速히 回復되기를 바라며 그가 누웠든 자리에 누워 본다.
>
> 「病院」 전문. 1940. 12.

자신의 시선집 제목을 '병원'으로 생각할만큼 윤동주가 아끼던 시가 바로 「病院」다. 이번에는 자연물이 아닌 여인을 직접 등장시켜 허약하고 병든 '모국'의 이미지를 좀 더 구체적으로 드러낸다. 두 시 속에서 반복적으로 등장하는 '사나이'는 윤동주의 '페르소나'로 똑같이 병들어 있다. 이 병은 '중심의 결여, 즉 실재계에 난 구멍'[27]에서 비롯되며 이는 곧 고향의 부재를 의미한다. 고향의 부재로서 중심이 결여된 공간은 어딘가 아프고 병들어 있는 대상들이 모여 있는 곳이다.

---

27) 위의 책, 32면.

이런 공간에서는 건강하고 정상적인 존재라고 해도 병들 수밖에 없는 당위성을 부여해준다. 이러한 공간적 배경은 곧 시적 화자가 대면한 현실세계의 피폐함이며 불구성이다. 이런 세계에서조차 시적 화자는 응시를 멈추지 않는다.

위의 세 시는 작성된 시간의 순서에 따라 변화되는데 그 가운데서 시인의 의식은 점점 더 명료해진다. 이 시가 앞의 시보다 좀 더 적극성을 드러낸다고 보는 이유는 병들어 있는 '모국'과 자신을 동일시하고 있기 때문이다. 화자는 이와 같이 '거울 반사'를 통한 응시와 관찰, 그리고 동일시를 통해 자신과 모국의 관계를 추적하고 있다. 그러나 대상으로서의 모국의 이미지는 분열에서 시작하여 유약하고 병들어 있으며 구원할 수 없는 지점에까지 이르고 있다. 이는 만주에서 구축해왔던 상상적 모국이 현실에서는 존재하지 않으며 이는 동시에 고향이 '부재'함을 의미한다. 이 사실을 지켜보는 시적 화자는 '아픔'과 무력함을 동시에 느끼지만 여전히 관계를 멈추지 않는 것은 '동일시'라는 제스처를 통해서 증명된다.

이와 같은 의식의 변화를 보여주는 또 하나의 시적 전개가 있는 데 바로 '순이'가 등장하는 일련의 시편이다. 그것은 각각 「사랑의 殿堂」, 「사랑의 殿堂」, 「눈 오는 地圖」 속 '순이'로 명칭된 인물이 시적 화자의 그리움의 대상으로 등장한다. 이는 특정한 인물이라기보다는 윤동주가 연전 유학 초기부터 이상적인 반쪽으로 꿈꾸었던 모국이며 이는 또한 만주에서 구축한 상처 입지 않은 순수의식이라 볼 수 있다. 박민영은 순이에 대해 "현실 공간에서 부재하며 오직 내 마음 속에만 있는 여성으로 심리경향이 투사된 인물이며, 이 여성이 갖고 있는 영원성과 신성성은 곧 아니마의 특성과 연계된다.”[28]고 보았는데 이처럼 순이가 상징하는 이미지는 순결과 영원성을 지닌 순수의식의 상징으로 매 시편마다 변화를 보인다.

연전 초기에서는 잘 조화되고 관계를 유지하던 순이가 시에서는 이별하게 되는 상황을 맞게 된다. 이러한 순이와의 이별은 윤동주가 고대해 찾은 ‘모국’에 대한 이상이 깨지고 현실을 맞닥뜨리게 되는 시점 즉 상상계에서 실재계로 진입하는 시점이라고 볼 수 있다. 우선 연전 초기의 순이부터 보도록 하자.

> 順아 너는 내 殿에 언제 들어왔든 것이냐?/ 내가 언제 네 殿에 들어갔든 것이냐?
>
> 우리들의 殿堂은/ 古風한 風習이 어린 사랑의 殿堂
>
> 順아 암사슴처럼 水晶 눈을 나려 감어라./ 난 사자처럼 엉클린 머리를 고루련다.
>
> 우리들의 사랑은 한낱 벙어리였다.
>
> 聖스런 촛대에 熱한 불이 꺼지기 前/ 順아 너는 앞문으로 내달려라.
>
> 어둠과 바람이 우리 窓에 부닥치기 前/ 나는 永遠한 사랑을 안은 채/ 뒷門으로 멀리 사려지련다.
>
> 이제/ 네게는 森林속의 아득한 湖水가 있고,/ 내게는 峻險한 山脈이 있다.　　　　　　　　　　　「사랑의 殿堂」 전문. 1938. 6. 19.

---

28) 박민영, 『현대시의 상상력과 동일성』, 태학사, 2003, 167-169면.

화자는 '내 殿'에 들어온 '순', 그리고 '네 殿'에 들어간 '나'라는 말로 둘의 사랑이 이미 시작되었음을 나타낸다. 이는 피상적으로 연모하거나 그리워하는 상태가 아니라 서로의 영지에 한 발 들어가 이미 관계가 맺어진 상태 혹은 물리적으로도 한 공간 안에 머무를 수 있게 되었음을 말하는데 그것은 '전당'으로 표현된다.

순은 이상적인 '여성'상인 수정같이 맑은 눈을 가진 암사슴처럼 묘사 되어 있고 화자 또한 이상적인 남성상인 사자의 모습으로 표현되고 있다. 이처럼 시 속에서 드러난 윤동주의 '아니마'는 지극히 순결하며 아름다움과 생명력을 지니고 있고 또한 그것은 용맹스럽고 활기찬 시적 화자와 이상적인 관계를 구축하고 있다.

그러나 마냥 완벽하고 아름다워 보이는 관계에도 시적 화자는 조심스럽게 두려움과 불안을 내비친다. '어둠과 바람이 부닥치기 前'은 그러한 무의식적인 두려움을 예고하는 화자의 심리를 보여주며 또한 이러한 미래를 예견하여 자신의 완벽한 이상향인 '순이'에게는 '앞문으로 달리길' 권고하며 자신은 '영원한 사랑'을 안고 '뒷문으로 내달리겠다.'고 선언한다.

모국인 한반도에 와서 수학할 수 있는 기회를 가진 윤동주에게 있어서 초반에, 이상적인 모국으로서의 여성상은 실현되었다고 볼 수 있는데 바로 위의 완벽한 조화를 이루는 순이와 화자의 모습에서 알 수 있다. 그러나 굳이 순이에게 앞문으로 달리길 권유하는 것은 모국의 미래에 대한 기대라고 한다면 스스로는 희생을 자처한 '뒷문'을 얘기함으로 자신의 운명을 미리 예견하기도 한다.

여기저기서 단풍잎 같은 슬픈 가을이 뚝뚝 떨어진다. 단풍잎 떨어져 나온 자리마다 봄을 마련해 놓고 나뭇가지 우에 하늘이 펼처 있다. 가만히 하늘을 들여다보려면 눈섭에 파란 물감이 든다. 두 손으로 따뜻한 볼을 스서 보면 손바닥에도 파란 물감이 묻어 난다. 다시 손바닥을 들여다본다. 손금에는 맑은 강물이 흐르고, 맑은 강물이 흐르고, 강물 속에는 사랑처럼 슬픈 얼골 ——— 아름다운 順伊의 얼골이 어린다. 少年은 황홀이 눈을 감어 본다. 그래도 맑은 강물은 흘러 사랑처름 슬픈 얼골——아름다운 順伊의 얼골은 어린다.   「少年」전문. 1939.

가을, 소녀와 감정의 등가물인 코스모스 같은 것들이 시인의 내면세계를 구성하는 오브제라고 할 때 푸른 하늘, 손금, 맑은 강물을 통해서 시적 화자는 순이의 얼굴을 만날 수 있다. '맑은 강물'이라는 표현이 두 번이나 반복되어 나타나는데 순이를 비추는 푸른 하늘은 손금에로 물들고 손금에서는 다시 맑은 강물이 흐른다. 이러한 연쇄작용의 기제로 사용한 '맑은 하늘' 또한 화자의 심층의식을 조명하기 위한 '거울'과 같은 속성을 가졌다.

순이는 사랑처럼 슬픈 얼굴을 하고 있다. 이는 슬픈 사랑과 그 사랑으로 인해 슬퍼질 수 밖에 없는 것들까지도 강물에 비추고 있음으로 인해 무의식 즉 시인의 심층으로 다가간 것이다. '아름다운 순이'의 얼굴에서 슬픔을 본 것은 윤동주가 슬픈 징후를 예감한 것이라고 볼 수 있다.

그러나 아직까지 소년에게 있어 순이는 애틋하고 건강하고 아름답고 건강한 여성으로서만 그려져 있다. 병적이고 구원할 수 없을 만큼의 피폐해진 모습에는 이르지 않고 있는데 이는 윤동주가 아직은 모국에 대한 구체적인 인식을 확보하지 못했음을 알 수 있다. 그러나 순이를 통한 이러한 의식의 표상은 모국의 현실에 대한 구체적인 인식으로 인해 조금씩 변화되어 간다.

이와 같은 인식의 변화는 한편으로 연전 초기에 그려왔던 '이상적인 여성' - '고향에 대한 꿈'과도 같은 순수의식에 대한 결별을 뜻하기도 한다. '이상적인 여성'과 '병든 여성'은 결코 공존할 수 없는 것으로 병든 현실을 직시하기 위해서는 '이상적인 여성' 또한 포기해야 하기 때문이다. 그런 과정은 앞서 윤동주가 '이상적인 여성'으로 등장시켰던 순이와의 이별을 통해서 구체화된다.

> 順伊가 떠난다는 아츰에 말 못할 마음으로 함박눈이 나려, 슬픈 것처럼 窓밖에 아득히 깔린 地圖 우에 덮인다.
> 房 안을 돌아다보아야 아무도 없다. 壁과 天井이 하얗다. 房 안에까지 눈이 나리는 것일까, 정말 너는 잃어버린 歷史처럼 홀홀히 가는 것이냐, 떠나기 前에 일러둘 말이 있든 것을 편지를 써서도 네가 가는 곳을 몰라 어느 거리, 어느 마을, 어느 지붕 밑, 너는 내 마음속에만 남어 있는 것이냐, 네 쪼고만 발자욱을 눈이 자꼬 나려 덮여 따라갈 수도 없다. 눈이 녹으면 남은 발자국 자리마다 꽃이 피리니 꽃 사이로 발자욱을 찾어 나서면 一年 열두 달 하냥 내 마음에는 눈이 나리리라.
> 「눈 오는 地圖」 전문. 1941. 3. 12.

이 시에서 순이는 함박눈이 내리는 날 아침에 떠난다. 1연에서는 시적인 배경을 온통 희고 순수한 함박눈으로 설정해 이별의 슬픔과지고지순한 정한을 극대화시키고 있음을 알 수 있다.

순이가 떠난 시적화자의 방은 한 때 '정원'이나 '전당'으로 신비화되었던 순이와의 공간이다. 이 공간에 남겨진 것은 모두가 백색인 허무가 되어 시적화자는 '순이'의 떠남과 부재를 실감하게 된다. '잃어버린 역사처럼'이라고 하는 것은 순이의 존재가 추억될만한 개인적인 사건이 아니라 존재를 뒤흔들 만큼의 무게와 깊이를 지닌 역사적인 사건임을 암시한다. 이는 '순수의식'과의 결별을 뜻하기도 한다.

'따라갈 수 없는' 시적화자가 발자국의 자리에 핀 꽃을 보는 것은 그 이별에 대한 깊은 미련과 아쉬움을 '차고 아름다운 흰 눈'을 통해서 승화시키고 또한 순결한 것으로 계속 자리하고 있음을 알 수 있다. 이처럼 이 시에는 시종일관 흰눈과 함께 순이의 이별로 인한 정한의 정서가 면면히 흐르고 있어 시적화자의 '이별의 슬픔'을 드러낸다.

4. 디아스포라 유동과 의식의 변증법

4.1. 죽음을 통한 희생과 길의 지속성

　고향부재의 확인과 순수의식으로부터의 결별은 현실을 직시하게 한다. 욕망의 대상이 실재하지 않음을 인식하는 과정은 죽음과도 맞닿은 고통을 수반한다. 일반적인 경우 또 다른 욕망의 대상을 찾아 다시 상상계와 상징계를 반복하지만[1] 윤동주는 고통스런 현실을 수용함으로 의식의 성장을 보여준다. 더 이상 자신이 욕망하는 고향이 존재하지 않는다는 사실은 반복적으로 순환하는 욕망의 대상이 사라졌음을 시사한다. 라캉에 따르면 대타자를 상실한 실재계는 주체의 결여를 뜻하며 이는 자아의 죽음이란 측면에서 죽음의 충동과도 이어진다.[2] 즉 더 이상 추구할 수 없는 '고향의 부재'는 자아의 상실,

---

1) Jaques Lacan, 앞의 책, 22면 참조.
2) 주체는 발화주체도 아니고 또한 이상 자아 곧 에고도 아니다. 주체는 자신을 결여한 채 대타자에게 전적으로 매달려 있다. 여기서 대타자란 곧 욕망이 반복적으로 순환하는 부분대상이다. 라캉은 주체에게 잉여쾌락을 주는 부분대상을 사물(das Ding: 곧 프로이트의 Id)이라 했다. 라캉은 이런 상태를 폐제(foreclosure)라는 개념으로 설명한 바 있다. 이런 폐제는 주체가 결여된 상태라는 의미이다. 이런 상태는 발화주체 및 자아의 죽음이란 점에서 라깡은 이를 죽음에의 충동이라 이름 붙이기도 한다.

주체의 결여와 함께 죽음의 충동을 불러일으킨다. 윤동주에게 있어 죽음의 충동은 자발적인 죽음 - '희생'을 통해서 이루어진다.

윤동주가 선택한 '희생'은 성경이나 신화 속 최고의 영웅으로 자신이 지향하는 모델이자 자아 이상형에 가깝다고 볼 수 있다. 이는 또 한편 윤동주가 추구하는 외적인격 - 페르소나의 모습으로도 유추할 수 있는데 페르소나는 자아로 하여금 외계와 관계를 맺게 하여 주는 기능으로서 작용하며[3] 환경에 대한 나의 작용과 환경이 나에게 작용하는 체험을 거치는 동안 형성되기 때문이다.[4] 즉 페르소나는 타인과의 관계설정을 가능하게 해주는 인격의 또 다른 모습이라고 볼 수 있다. 자발적인 페르소나 희생을 통해 의식의 성장과 함께 이타적인 윤리도 함께 성취할 수 있게 된다. 이 이타적 희생은 인류의 죄를 대속한 예수 그리스도나 인간을 위해 간을 상실한 신화 속 인물 프로메테우스라는 모델을 통해 가능해진다.

레비나스에 따르면 죽음은 '절대 타자', 나와는 '전적으로 다른 것'이 있음을 보여주는 존재론적 사건이다.[5] 이 죽음은 또 한편 제어할

이병창, 「들뢰즈와 라캉, 실재계와 초자아」, 『코기토』 64권, 부산대학교 인문학연구소, 2008, 53-54면.

3) 이부영, 앞의 책, 85면.

4) '페르소나'는 내가 나로서 있는 것이 아니고 남과 다른 사람들에게 보이는 나를 더 크게 생각하는 특징을 가지고 있다. 이것은 진정한 자기(Selbst, self)와는 다른 것이다. '페르조나'에 입각한 태도는 주위의 일반적 기대에 맞추어 주는 태도이며, 외계와의 적응에서 편의상 생긴 기능 콤플렉스(Funktionskomplex)이다. 이부영, 앞의 책, 82면.

5) '존재 가짐'을 통해 홀로 선 주체의 고독, 존재의 전체성은 고통 속에 다가온 죽음을 통해 드디어 틈이 생긴다. 죽음은 나의 고독, 나의 홀로서기를 더욱 견고하게 만든다. 레비나스 철학에서 죽음은 절대 타자, 나와는

수 없는 현실고통을 극대화한 것이며 죽음을 통해 결별한 상징세계와 순수의식을 애도하는 의식에서 또 다른 의식으로 나가기 위한 전제가 된다. 최동호는 윤동주의 '자아 희생'이 "목숨을 내건 고난의 수락을 의미하여 이렇게 분명한 자기희생이 없다면 결코 새로운 세계는 도래하지 않을 것"[6]이라고 보았다. 이같은 희생은 과거의 의식의 소멸과 함께 새로운 의식의 부활을 꾀했다는 측면에서 제의적인 성격을 띤다고 볼 수 있다.

그러므로 이 장에서는 윤동주의 희생이 윤동주가 모델로 삼은 「십자가」의 예수와 「간」의 프로메테우스를 통해 어떻게 구현되고 있는지 밝히고자 한다. 또한 죽음 끝에서도 여전히 「길」과 「참회록」을 통해 존재를 탐구해 나가는 디아스포라로서 윤동주의 의식을 해명하고자 한다.

쫓아오든 햇빛인데/ 지금 敎會堂 꼭대기/ 十字架 걸리였습니다.
尖塔이 저렇게도 높은데/ 어떻게 올라갈 수 있을가요.
鐘소리도 들려오지 않는데/ 휘파람이나 불며 서성거리다가,
괴로웠든 사나이,/ 幸福한 예수그리스도에게/ 처럼/ 十字架가 許諾
된다면
모가지를 드리우고/ 꽃처럼 피여나는 피를/ 어두워 가는 하늘 밑에
/ 조용히 흘리겠습니다.　　　　　　　　　「十字架」 전문. 1941. 5. 31.

전적으로 다른 것을 보여준다. 죽음은 주체의 고독을 깨뜨리고 자신의 존재 안에 갇혀 있던 자리에서 전적으로 다른 타자를 만나게 된다. 강영안, 『타인의 얼굴-레비나스의 철학』, 문학과지성사, 2005, 108-109면.
6) 최동호, 앞의 책, 156면.

타인의 고통과 잘못을 나의 고통과 잘못으로 수용하는 대속적 위치에 서는 모습을 그릴 때 세상의 죄를 자기 것으로 받아들임과 동시에 고통당함을 표시하는 '수용'과 '수난'을 사용한다.[7] 예수 그리스도의 존재는 타인의 고난을 대신 짊어진 '수난자'로서의 면모를 보여주며 인간이 타인을 위해 행할 수 있는 최고의 선을 상징한다.

교회당의 가장 높은 곳에 위치한 '십자가'는 인간이 도달하기 어려운 정신적인 고지를 뜻한다. 쫓아오는 햇빛이 십자가에 걸린 것은 시적 화자 또한 십자가의 희생을 자처하며 때가 되었음을 보여준다. 첨탑은 십자가와 더불어 고난과 희생을 넘어서려는 상승적 의지를 담고 있다. 신의 손길을 뜻하는 혹은 신의 부름과도 같은 상징은 '종소리'는 들려오지 않지만 시적화자는 자신이 직접 '휘파람 소리'를 냄으로 예수의 뒤를 자발적으로 쫓아가려는 의지를 보인다. 괴롭고도 행복한 예수는 시적 화자가 추구하는 희생의 모델이다. 자신을 죽이는 것은 괴로운 일이지만 그 피로 인류구원의 속죄를 가능하게 한 예수는 시적 화자 즉 윤동주가 선택할 수 있는 가장 거룩하고 신성한 죽음의 의식이기 때문이다.

이와 비슷한 심상으로 「간」이라는 시에서 또한 자기희생을 테마로 삼고 있다. 시 속에 등장하는 프로메테우스 또한 예수와 마찬가지로 희생을 감수하는 신화 속 인물이다. 그 또한 인간에게 불을 준 죄로 자신의 간을 독수리에게 뜯기는 처형을 감수해야 했기 때문이다.

---

7) 강영안, 앞의 책, 188면.

자신의 생명인 간을 뜯어 먹히는 프로메테우스 신화는 고통스러움 속에서 현실을 긍정하지 않을 수 없는 시적 화자의 자의식을 보여주기 위해 도입된 것이다. 여기서 현실의 아픔을 고통스럽게 받아들이는 화자의 인식이 생생하게 드러난다.8)

> 바닷가 해빛 바른 바위 우에/ 습한 肝을 펴서 말리우자.
> 코카사쓰 山中에서 도망해 온 토끼처럼/ 둘러리를 빙빙 돌며 肝을 직히자. ---(ㄱ)
> 내가 오래 기르든 여윈 독수리야!/ 와서 뜯어먹어라, 시름없이
> 너는 살지고/ 나는 여위여야지, 그러나, --- (ㄴ)
> 거북이야!/ 다시는 龍宮의 誘惑에 안 떨어진다. --- (ㄷ)
> 푸로메디어쓰 불쌍한 푸로메디어쓰/ 불 도적한 죄로 목에 맷돌을 달고/ 끝없이 沈澱하는 푸로메드어쓰. --- (ㄹ)
>
> 　　　　　　　　　　　　「肝」 전문. 1941. 11. 29.

이 시는 '수궁전'이라는 전래 설화와 '불을 훔친 프로메테우스'라는 그리스 로마 신화 두 개의 신화를 합하여 시 속에서 재구성하고 있다. 두 신화를 이어주고 있는 것은 '간'이라는 매개물이다. 간을 빼앗긴 거북이와 벌을 받아 독수리한테 간을 뜯길 수밖에 없었던 프로메테우스는 모두 자신의 간을 잃어버렸다는 측면에서 공통점을 갖고 있다.

귀토설화의 이야기에서 차용된 '간'에 대한 언급으로 시는 전개되

---

8) 최동호, 앞의 책, 168면.

고 있다. 처음 두 연에서 시적 화자는 '습한 간' 즉 생명이 소멸할 위기에 처한 간을 말리고 빼앗길 위험에 처한 간을 지키는 행위로서 '간'을 보호하고자 한다. 그러나 그 다음 연에서는 지키고자 했던 간을 독수리에게 '뜯어먹어라'라고 앞의 연과는 상반된 내용을 전개하고 있다. 독수리를 일제나 제국주의와 같은 외적인 요소로 치부하기에는 '내가 오래 기르는'이라는 시어가 상당한 걸림돌이 된다. 그렇다면 독수리의 실체는 무엇인가? 독수리는 외적인 대상이라기보다는 내면에서 오랜 시간동안 키워온 하나의 내적 존재로 인식할 수 있는데 이것은 늘 비상하고자 했지만 충족되지 못한 결핍이며 영원히 채워질 수 없는 거대한 블랙홀과 같은 욕망 그 자체로 해석될 수 있다. 그 존재 앞에 시적 화자는 자신의 '간' 즉 죽음을 제물로 드리고 있는데 이는 「십자가」에서 보여주는 희생과 동일한 구조로 이어진다.

그러나 ㈃에서 시적 화자는 문득 다시 귀토설화로 돌아온다. 그리고 거북이에게 다시는 유혹에 떨어지지 않겠다고 선언하고 있다. '유혹'은 존재의 유무를 확신하고 대상을 욕망해 왔던 '상상계'의 환상으로 추정할 수 있다. 그러나 시적 화자는 더 이상 그 세계로 돌아가지 않기를 결단하고 있다. 이렇듯 ㈃에서는 과거에 대한 반성을 보여주며 새로운 모델로서 프로메테우스를 제시한다.

간을 빼앗긴 거북이에서 인류를 위해 희생한 프로메테우스로의 전환은 윤동주 의식의 성장을 보여주며 마지막 연에서는 프로메테우스에 대해 반복적으로 언급함으로서 동일시하려는 의도를 보여준다.

불을 도적한 죄로 목에 맷돌을 달고 침전하는 프로메테우스는 십자가에 달린 예수와 같이 희생을 자처한 인물이며 끝없이 침전하는 프로메테우스의 고통 속에는 또한 타인을 위해서 고난을 수락하려는 희생적 태도와 그 길을 기꺼이 걸으려고 하는 윤동주의 가치관이 내포되어 있다. 이처럼 윤동주는 자신이 희생의 모델로 삼은 예수와 프로메테우스와의 동일시를 통해 앞서 언급한 '자아의 죽음을 통한 희생'을 실현하고 있다.

「길」과 「참회록」을 통해서 윤동주는 여전히 끝나지 않은 삶에 대해 통찰하고 있다. 이는 곧 상실을 받아들이고 다시 나아가고자 하는 의지의 표명으로 볼 수 있다. 상실된 것들을 인정하는 단계로서 「길」과 「참회록」은 그럼에도 계속 나가야 하는 현실을 받아들이는 수용성을 보여준다.

> 잃어버렸습니다./ 무얼 어디다 잃었는지 몰라/ 두 손이 주머니를 더듬어/ 길에 나아갑니다.
> 돌과 돌이 끝없이 연달어/ 길은 돌담을 끼고 갑니다. ①
> 담은 쇠문을 굳게 닫어/ 길 우에 긴 그림자를 드리우고 ②
> 길은 아츰에서 저녁으로 / 저녁에서 아츰으로 통했습니다. ③
> 돌담을 더듬어 눈물짓다/ 처다보면 하늘은 부그럽게 푸릅니다.
> 풀 한 포기 없는 이 길을 걷는 것은/ 담 저쪽에 내가 남어 있는 까닭이고,
> 내가 사는 것은, 다만,/ 잃은 것을 찾는 까닭입니다.
>
> 「길」전문. 1941. 9. 31.

첫 연에서 언급하는 '잃어버린 것'과 '더듬어 길에 나서는 모습'은 이 시의 가장 주된 심상으로 시 전체를 관통하고 있다. 특히 길에 대한 관찰과 통찰은 이 시를 이끌어가는 주요한 기제로 작용한다. 자연의 길에 대한 관찰로 인해 통찰된 삶의 길은 두 가지 속성을 지니게 된다. 첫 번째는 ①, ③에서 보여지는 것과 같이 '돌과 돌이 끝없이 연달아 이어지고', '아침저녁으로 통한' 것과 같은 길의 연속성이다. 두 번째는 ②에서 보여지는 굳게 닫힌 담으로 인해 생긴 시간의 단절성이다. 두 가지 속성은 반대되는 것 같지만 동전의 양면처럼 동시에 존재되고 있는 것이기 때문이다. 인위적인 시간을 단위로 봤을 때 과거와 현재는 분리되어 있는 것이지만 의식의 흐름 속에서 모든 기억은 하나로 연결되고 있다. 굳게 닫힌 담은 그림자를 드리우고 이 그림자는 삶에서의 상실된 것들과 연결되어 있다.

첫 연에서는 상실된 것에 대해서 질문하고 있지만 마지막 연에서는 그 이유가 '잃은 것을 찾는 데' 있다고 밝히고 있다. 시적화자는 그림자가 드리워진 길을 계속 걸음으로서 상실 즉 삶의 그림자를 수용하는 태도를 보인다. 그 과정은 윤동주의 의식이 전개되는 과정이며 욕망의 대상을 상실하고 삶의 그림자를 체험하는 가운데 다시 길을 찾는 과정이다.

그러므로 이 시에서 길은 윤동주 자신의 의식의 방향성을 잘 보여주고 있다. 자신의 삶의 과정은 여전히 황폐한 사막과도 같은 곳으로 길 위에는 더 이상 동경할 수 있는 아름다운 풍경이 남아있지 않다. 그러나 길은 계속 이어져 있으며 계속 가야 하는 것인데 그 이유는

'담 저쪽에 내가 남어 있는 까닭'이다. 굳게 닫힌 쇠문은 복구할 수 없는 상실된 대상을 의미하며 과거와의 분기점이 된다. 그러나 담 저쪽에 '내'가 남아 있는 까닭에 나는 여전히 길을 갈 수 있게 된다. 담 저쪽에 남아 있는 나는 과거의 나이지만 끊임없이 연결된 시간의 고리를 생각해보면 미래의 어느 시점에서 다시 만날 수 있는 나이기도 하다. 시적 화자는 무얼 잃었는지 모른다고 하지만 본고의 시 분석의 논리에 비추어보면 상실된 '여성' 혹은 '순수의식'과도 같은 전(前) 의식과의 결별이 그 대상임을 알 수 있다. 시적 화자는 과거의 단절과 함께 미래의 연속성에 대한 희망도 버리지 않고 결별한 대상들이 다시 재현될 수 있음을 믿고 있다. 그것은 여전히 유동하고 있는 공간과 시간에 대한 통찰로 가능한 결론이다.

파란 녹이 낀 구리 거울 속에/ 내 얼골이 남어 있는 것은/ 어느 王朝의 遺物이기에 / 이다지도 욕될가.

나는 나의 懺悔의 글을 한 줄에 줄이자./ ― 滿 二十四年 一 個月을/ 무슨 기쁨을 바라 살아왔든가

내일이나 모레나 그 어느 즐거운 날에/ 나는 또 한 줄의 懺悔錄을 써야 한다./ ―그때 그 젊은 나이에/ 웨 그런 부끄런 告白을 했든가.

밤이면 밤마다 나의 거울을/ 손바닥으로 발바닥으로 닦어 보자.

그러면 어느 隕石 밑으로 홀로 걸어가는/ 슬픈 사람의 뒷모양이/ 거울 속에 나타나 온다.   「懺悔錄」전문. 1942. 1. 24.

이 시는 윤동주가 일본으로 가기 위해 창씨개명하기 5일 전에 쓴 작품이다.9) 이러한 상황적 배경과 분리하여 이 시를 해석할 수는 없다. 3연까지는 일본유학을 위해서 창씨개명까지 해야하는 역사적 현실에 대한 회한과 안타까움을 표현하고 있다. 시 속의 '구리'는 단순히 개인의 의식을 비추는 거울이 아니라 민족의 역사를 비추는 공동체의 거울로 작동한다. 그러나 거울을 통한 민족 공동체의 역사적 인식에 대한 자각과 회한은 그 다음 연 '개인적인 삶에 대한 반성'으로 이어진다. '내일이나 모레'와 같은 시간의 언급은 현재의 부끄러움이 미래에까지 연결되는 것임을 알 수 있다.

이런 연유로 시적 화자는 자신의 거울을 밤마다 닦는 행위를 통해 부끄러움을 만회하려고 애쓴다. 그러므로 시 속에는 두 가지 종류의 거울이 등장한다고 볼 수 있다. 하나는 민족의 현실을 비추는 파란 녹이 낀 구리거울이고 또 다른 하나는 자의식을 비추는 개인의 거울이다. 구리거울 속에 비친 얼굴은 민족 공동체의 일원으로 '욕된' 얼굴이지만 나의 거울 속에 비친 얼굴은 '슬픈 사람의 뒷모양'으로 회자된 개인의 얼굴이다. 이 얼굴은 정면이 아닌 뒷모습이라는 측면에서 시적 화자가 보는 자신의 미래모습이라고 예측할 수도 있다.

이제까지 거울의 역할을 하였던 강물, 우물, 창, 거미줄 등을 통해 윤동주가 욕망하는 대상은 그 실체를 가진 것으로 추정되어왔다. 예컨대 순이로 대변되는 순수의식과 병든 여성으로 환원되는 고향 등

---

9) 송우혜, 앞의 책, 324면.

이다. 「懺悔錄」의 거울에서는 더 이상 대상이 존재하지 않게 된다. 시적 화자의 '욕된' 얼굴과 고독한 뒷모습만 나올 뿐이다. 이 '슬픈 사람의 뒷모습'은 시적 화자가 미래에 보는 자신의 '자화상'으로 유추할 수 있다. 앞서 자아 이상형의 모델로서 내세웠던 예수와 프로메테우스와는 다른 모습이지만 죽음을 통과하고 고통을 수용한 실재에서 추론한 '현실의 초상화'라고 볼 수 있다.

자신을 희생하려 했음에도 결국 다시 살아야 하는 현실과 창씨개명과 같은 수치스러운 일을 감행했던 행위 앞에서 윤동주는 민족의 거울과 개인의 거울을 통해 앞으로도 영원히 고독한 뒷모습을 보게 된다. '왜 그런 부끄런 告白을 했든가'라는 탄식은 앞서 자신을 제물로 바치려는 '희생적 태도'를 보였음에도 삶을 지속시켜야 하고, 연속되는 삶 속에서 반복적으로 수치스런 현실을 수용해야 하는 자아에 대한 고백이다.

4.2. 시·공간적 사유를 통한 의식의 확장

'희생'을 통한 고난을 수락하고 나서도 현실의 삶은 지속되어 가고 이런 연속성에 의해 삶은 시간과 공간의 세례를 거치지 않을 수 없다. 인간의식을 지배하는 시간영역과 공간영역은 자연스럽게 한 시인의 시 세계에 스며들어 각각 다른 형태로 구성되고 의미구조를 지니게 되며 윤동주에게 있어서 그것은 초월을 지향한 시·공간의 확대로 이어진다. 이 시기는 또한 연전 말에서 일본 유학까지의 또 다른 디아스포라 체험을 전제하고 있다.

윤동주에게 있어서 시·공간의 사유는 본인을 위한 탈출구만이 아니다. "시간이, 예컨대 에로티시즘, 아버지의 존재, 이웃에 대한 책임과 같은, 타인의 얼굴 앞에서의 사회성의 여러 형식들을 통해서 경험할 수 있는 관계요, 전적으로 다른 이, 초월자, 무한자와 가질 수 있는 관계이며 통시성(通時性, dia-chronie) 가운데서 타자의 타자성을 해치지 않으면서 '사유'에 대해 무관심하지 않도록 보장해준다."[10]라고 할 때 연전 말기에 윤동주가 천착하고 있는 '밤'은 개인의 '사건'으로 체험된 시간이 아니라 민족 공동체의 현실을 공유한, 즉 타자와의 세계 속에 구성된 시간의 개념이다.

'밤'에 대한 인식은 '밤'을 넘어설 수 있는 시간에 대한 탐색으로 이어지고 그것은 초월적 시간인 '태초의 시간'에로 귀결된다. 시간에 대한 탐색과 함께 공간에 대한 탐색도 동시에 이루어지고 있는데 '방'이라는 내밀하고 사적인 공간을 통해 유동하는 공간, 열린 공간에서 우주공간에까지 확대된다. 내밀의 공간과 세계의 공간, 이 두 공간이 어울리게 되는 것은 그들의 '무한'에 의해서이다. 인간의 커다란 고독이 깊어질 때 그 두 무한은 맞닿게 되고 혼동된다.[11] 윤동주는 오히려 고독의 결정체인 '밤'과 '좁은 방'을 통해서 세계의 공간과의 소통을 훨씬 용이하게 구현해낼 수 있게 된다.

---

10) Emmanuel Levinas, 강영안 역, 『시간과 타자』, 문예출판사, 2009, 17면.
11) Gaston Bachelard, 곽광수 역, 『空間의 詩學』, 민음사, 1997, 365면.

그러므로 이 절에서는 연전 말, 윤동주가 시·공간의 사유를 통해 의식의 확장을 어떻게 구현해냈는지를 고찰하게 될 것이다. 연전 유학 말기 시들에서는 순차적으로 밤을 통해 시간이 표현되고 다시 공간으로 심화되고 있다. 그 전의 시들에서 시간은 구체적인 자연의 시간을 의미했으나 연전 이후의 시들에서 윤동주는 시의 내면적 의미를 밤으로 표현하고 공간에 대해서도 여러 층위의 발견과 모색을 거친다.

문학적 시간은 객관적 시간이면서 동시에 주관적 시간이다. 공중적이고 일상적인 양의 개념을 전제하고 있다. 그러면서 개인적이고 비일상적인 질의 개념으로 극복하고 있다. 그러므로 문학적 시간은 객관적 시간과 주관적 시간의 분열을 방지하기 위한 시간이라기보다 그 두 가지 시간의 변증법적 체계이다. 그것은 분열 자체가 생의 의미와 결합되는 시간이다.[12]

언어로 개념화된 수많은 시간 가운데 윤동주는 항상 밤에 주목하고 있다. '밤'은 윤동주에게 있어 물리적인 시간이 아니라 심리적이고 상징적인 시간이다. 문학에서 밤은 '어둠', '절망', '보이지 않음'과 같은 상태를 상징하고 종종 '절망적인 상황'을 표현할 때 많이 쓰인다. 이 시기의 시들에는 시간적인 배경이 '밤'으로 등장하고 있거나 시의 주제 자체가 밤으로 되어 있기도 한다. 모국의 현실에 대한 자각과 심리적인 체험이 '밤'으로 표현되기 때문이다.

---

12) 이승훈, 「일상의 시간과 문학적 시간」, 『동아시아 문화연구』 1권, 한양대학교 한국학연구소, 1980, 126면.

하나, 둘, 셋, 네/ ·················/ 밤은 / 많기도 하다.

「못 자는 밤」 전문. 1941.

윤동주는 밤을 자주 노래하고 시 속의 시간적인 상황이 종종 밤으로 설정되는데 이는 밤이 출구가 없는 현실을 대변하기 때문이다. 윤동주에게 있어 출구가 없는 현실은 모국에 와서도 정작 모국을 되찾을 수 없는 '시대적 디아스포라의 운명'을 의미하기 때문이다. 결국 모국의 시간을 자신의 시간과 동일시하는 것인데 이를 통해서 수없이 많은 밤이 파생되고 있다. 이러한 밤의 증폭은 윤동주의 시적 인식의 영역이 대상에서 또 다른 차원으로 확장하고 있음을 보여준다. 그러나 밤에 대해서 절망하고 있지만은 않고 계속해서 탐색의 과정을 거친다.

太陽을 사모하는 아이들아/ 별을 사랑하는 아이들아
밤이 어두웠는데/ 눈 감고 가거라.
가진 바 씨앗을/ 뿌리면서 가거라
발부리에 돌이 채이거든/ 감었든 눈을 와짝 떠라.

「눈 감고 간다」 전문. 1941. 5. 31.

이 시는 마치 아이들에게 호소하는 듯한 형태로 구성되어 있다. 시적 배경은 '밤'이며 '어두웠는데'에 라는 전제에도 불구하고 화자는 '눈 감고 가거라'라고 호소하고 있다. 어두우면 넘어지지 않기 위해서 눈을 더 번쩍 뜨거나 빛이라도 빌려와야 하는데 시인은 오히려 어둠

속에서 '눈을 감아라'라고 하는 비상식적 발화를 한다. 이는 주위의 어둠으로 인해 눈을 떠도 결코 제대로 볼 수 없는 상황임을 강조하고 그 어둠이 단순한 불빛으로 제거될 수 있는 형태가 아님을 드러낸다. 또한 '밤'에 대한 윤동주의 태도로 알 수 있게 되는 바 윤동주가 생각하는 '밤' 즉 '시대적 상황'은 개인의 힘으로는 극복하기 힘든 거대한 해일 즉 제국주의의 큰 폭력에 기인하고 있다.

그러나 이러한 거대한 '폭력' 앞에서 '눈을 감으라'고 하는 행위는 얼핏 보면 소극적인 자세를 취하고 있는 듯 보이지만 시적 화자는 자신의 '희망'을 완전히 포기하고 있지는 않다. 힘없고 천진난만한 아이들로 하여금 공포스럽고 추한 폭력의 실체를 보지 말고 '눈을 감게' 함으로서 그 어둠으로부터 지켜내려고 하는 의지임과 동시에 또한 희망의 상징이기도 한 '씨앗'을 뿌려 언젠가 다시 회복할 수 있는 힘에 대한 가능성을 버리지 않고 있다. '태양'을 사모하고 '별'을 사랑하는 아이들이기에 희망의 근거는 충분히 제시되고 있다.

그리고 이런 밤을 극복하기 위한 방법으로 윤동주도 계속해서 모색의 과정을 거친다. 사계절의 모든 시간이 다 등장하지만 봄날도 아니고 여름 또 가을 그리고 겨울이 아닌 아침을 기다리는 것이다.

'밤'을 극복하기 위한 시간으로는 '태초의 시간'이 선택된다. 밤에 대조되어 기다리는 희망의 저편을 '아침'으로 상정하여 표현하고 현실에서는 그런 아침이 결국 다가올 수 없는 한계를 절망적으로 인식했을 때는 탈출 혹은 복원의 시간으로서 태초의 시간을 선택하게 된다. 윤동주가 기다리는 아침은 현실의 아침이 아니라 현실의 영역을 벗어난 원초적 시간이다. 그렇다고 해서 현실의 법칙을 완전히 무시한 시간은 아니며 어떤 의미에서는 인간에게 부여된 당연하고 또 자연스런 시간이기도 하다. 이는 단지 핍박받는 현실의 시간으로부터 이탈하고 싶은 욕망이며 무지막지한 힘으로 무참히 파괴되는 폭력적 현실에서 벗어나고자 하는 염원으로부터 재구성된 시간이다.

현실에서 사라져 버린, 되돌아가고 싶어하는 원초적 고향은 시간의 발견과 함께 찾아오는데 구체적인 공간으로부터 소외와 불안은 탈출에 대한 끊임없는 모색을 시도한다. 이러한 노력은 무차별적인 폭력의 시간 속에서 그로 인한 좌절의 심연을 건너기 위한 몸부림이기도 하다.

> 봄날 아츰도 아니고/ 여름, 가을, 겨을,/ 그런 날 아츰도 아닌 아츰에
> 빨 — 간 꽃이 피여났네,/ 해人빛이 푸른데,
> 그 前날 밤에/ 그 前날 밤에/ 모든 것이 마련되었네.
> 사랑은 뱀과 함께/ 毒은 어린 꽃과 함께
>
> 「태초의 아츰」 전문. 1941.

윤동주를 수식하는 또 하나의 대표적 칭호인 '예언자'적인 풍모가 이 시에서도 발현되고 있다. '그 전날 밤에'를 두 번씩이나 열거함으로써 모든 것이 우연이 아닌 거대한 우주나 신의 섭리에 의해 예견되고 준비된 것임을 강조한다. 또 한편으로 세계를 바라보는 윤동주의 '가치관'이 잘 드러난 시라고도 볼 수 있다. 성경의 창세기를 상기시키는 '사랑은 뱀과 함께'는 '毒은 어린 꽃과 함께'와 쌍을 이루면서 메

시지를 전달하고 있기 때문이다.

인간의 역사와 인간의 사랑이 뱀의 유혹으로 시작되었듯 어둠과 빛, 선과 악, 아름다움과 추함으로 가득 차 있는 세상이야말로 태초에 신이 부여한 인간의 세계라는 것이다. 윤동주에게 있어 뱀과 독은 사랑과 꽃에 비해 반대되는 의미이기도 하지만 또한 받아들일 수밖에 없는 동등한 가치로서 존재한다. 이는 세상이 이분화 되고 분리된 것이 아닌 하나의 존재로 공존하고 있으며 이는 오래 전에 예견된 자연스러운 것이라는 수용론적 가치관을 보여준다.

'빨간 꽃'으로 상징되는 희생이 미리 하나님의 아들인 예수로 미리 예정된 것처럼 세상을 이루는 양극단의 존재들도 결국 관조적으로 보았을 때 결국 하나에서 출발된 것이라는 수용론적인 가치관에 기초한다. 이는 자칫 수동적이고 한없이 나약한 형태의 것으로 비추어지기도 한다. 그러나 앞서도 그랬지만 윤동주는 자신의 수동적인 자세에만 머무르지 않고 계속 한발 나아가려고 하는 의지를 보이고 있는 데 위 시의 연장으로 「또 태초의 아침」이란 시에서는 그런 적극성이 부여되어 있는 것을 확인할 수 있다.

> 하얗게 눈이 덮이었고/ 電信柱가 잉잉 울어/ 하나님 말씀이 들려온다.
> 무슨 啓示일가.
> 빨리 / 봄이 오면 / 罪를 짓고/ 눈이 / 밝어
> 이뽄가 解産하는 수고를 다하면/ 無花果 잎사귀로 부끄런 데를 가리고
> 나는 이마에 땀을 흘려야겠다.
>
> 「또 太初의 아츰」 전문. 1941. 5. 31.

이 시에서의 시간적인 배경은 겨울이다. 순수함과 무구함의 상징인 흰 눈의 계절인 겨울과 함께 윤동주가 기다리는 '또 다른 아침'에 대한 소망이 드러난다.

하나님의 계시로서 천명과도 같은 그것은 아이러니하게도 '죄를 짓는' 행위이다. 「태초의 아츰」에서 선과 악이 공존하는 세상을 보여주었다면 「또 태초의 아츰」에서는 단순히 관조만 하는 것이 아니라 그 세상에 직접 뛰어들어 참여하는 적극적인 모습을 보여준다. 만물이 소생하는 계절에 인류의 시초인 아담과 이브가 뱀에게 홀려 선악과를 먹은 것처럼 자신 또한 지극히 인간으로서 '죄를 짓고' 노동의 고통과 부끄러움을 맛보며 수고와 참회로 가득 채워진 삶을 선택하겠다는 것이다. 이는 시적화자가 기다리는 세상이 인간 세상의 시간 바깥에 있는 '무릉도원'의 영역이 아니라 세상에 뿌리를 두고 살아가는 평범함과 일상성에 기초하고 있음을 알 수 있다.

그렇기 때문에 '태초의 아침'은 두 가지 의미를 동시에 내포하고 있다. 첫 번째는 비인간적이고 폭력적인 현실에 비추어 봤을 때는 탈출 지향의 모태적인 시간이 되지만, 영속적이고 무한하며 신비롭기까지 한 신의 시간에 비추어 봤을 때는 지극히 인간적이며 소박한 일상의 시간이기도 하다는 것이다.

결국 시인 윤동주가 꿈꾸는 것은 인간세상을 초월한 '신의 시간'이 아니라 인간으로서 마땅히 누리고 또 보내게 되는 지극히 '자연적인' 시간임을 알 수 있다. 그것은 쫓기고 쫓는 자의 시간이 아니라 정착된 자가 누릴 수 있는 시간이며 자신의 땅과 이름을 가진 자가 누릴 수 있는 시간이기 때문이다.

같은 시기에 작성된 「새벽이 올 때까지」 또한 비슷한 세계관을 드러내고 있다.

> 다들 죽어 가는 사람들에게/ 검은 옷을 입히시오.
> 다들 살어가는 사람들에게/ 힌옷을 입히시오.
> 그리고 한 寢臺에/ 가즈런이 잠을 재우시오
> 다들 울거들랑/ 젖을 먹이시오
> 이제 새벽이 오면/ 나팔소리 들려올 게외다.
>
> 「새벽이 올 때까지」 전문. 1941. 5.

이 시는 종결어인 '…시오'의 반복을 통해 예언자가 메시지를 지상에 하달하듯 한, '단정적'이면서도 '신비한' 목소리를 드러내고 있다.

시 속에는 '죽어가는 사람들'과 '살아가는 사람들'이 등장하는데 시적 화자는 그들에게 각각 다른 색의 옷을 입히도록 명령한다. 이는 삶의 다른 방향을 향해 가고 있는 다른 층위의 존재들을 이분화 시키는 것처럼 보이기도 한다. 그러나 다음 구절에서 시적 화자는 다시 죽음과 삶, 검은색과 흰색이라는 양극화된 성질을 '한 침대'라는 공통의 영역에 동일하게 진입시킴으로서 앞의 시들과 마찬가지로 '살아있는 것'과 '죽어가는 것'이 결국은 분리되지 않고 '삶'이라는 하나의 생명성에서 출발하고 공존하며 소진되어 가는 것이라는 일원론적 세계관을 보여주고 있는 것이다.

이 시에서의 나팔은 성경과 연결지어 그 의미를 해석할 수 있다.

성경에서는 나팔에 대한 언급이 특히 많다. 나팔의 일반적인 용도가 전쟁에서 군을 소집하거나 공격의 개시나 마침을 알릴 때 사용하기도 하고 승리를 선포할 때 사용된다면 신약성경에서 나팔은 부활을 알리는 의미를 지니고 있다. 마지막 나팔 소리가 나면 죽은 자들은 부활해서 영원히 살게 되며[13] 나팔은 죽음으로부터의 부활을 예언하는 상징이 되기도 하고 이는 곧 구원과 연결되어 있다. 그리고 '새벽'은 이러한 구원의 시간대로서 존재하게 된다.

이처럼 시인 윤동주가 '시간'에 대한 탐색을 통해 현실을 인식하고 세계에 대한 통찰을 넘어서 모종의 '확신'을 가지고 미래에 대해 얘기한 것은 그만큼 간절히 '밤'으로 대변되는 현재의 시간에서 벗어나길 소망하고 있었음을 알 수 있다.

시간에 대한 인식과 더불어 공간에 대한 인식도 이 시기에 눈을 뜨게 되는데 밤을 극복하기 위한 방법으로 원초적 시간을 선택했다면 공간을 극복하기 위한 방법으로는 몇 가지 층위의 공간이 포착된다. 그것은 크게 두 개의 경향으로 분류할 수 있는데 첫 번째는 '좁은 방'의 이미지이고 두 번째는 '유동하는 거리'의 이미지이다. 이 두 공간은 서로 모순되는 것 같지만 '좁은 방'은 점차 '흐르는 거리'로 나아가고 다시 확장되고 있으며 '좁은 방'과의 폐쇄적이고 대조적인 이미지의 비교를 통해 윤동주가 나아갈 수밖에 없는 '흐르는 거리'의 이미지

---

13) "나팔이 울리면 죽은 이들이 썩지 않는 몸으로 되살아나고 우리는 변화할 것입니다. 이 썩은 몸은 썩지 않는 것을 입고 이 죽은 몸은 죽지 않는 것을 입어야 합니다."(코린 15, 52-53)

가 더욱 강조되고 부각된다.

　세상으로부터 돌아오듯이 이제 내 좁은 방에 돌아와 불을 끄옵니다. 불을 켜두는 것은 너무나 피로롭은 일이옵니다. 그것은 낮의 延長이옵기에—

　이제 窓을 열어 空氣를 바꾸어 드려야 할턴데 밖을 가만이 내다보아야 房안과 같이 어두워 꼭 세상 같은데 비를 맞고 오든 길이 그대로 빗속에 젖어 있사옵니다.

　하로의 울분을 씻을 바 없어 가만히 눈을 감으면 마음속으로 흐르는 소리, 이제, 능금처럼 저절로 익어 가옵니다.

　　　　　　　　　　　　　　　　　「돌아와 보는 밤」 전문. 1941. 6.

　바슐라르에 의하면 거주 공간인 '집'은 기하학적인 공간을 초월하는 것이라고 본다. 그는 집에 거주한다는 역동성은 인간생활의 위대한 통합력을 보여주는 것이며 '집'과 '방'은 시적 정서의 내밀성을 분석할 수 있다는 점에서 시인의 심리적 도결을 보여준다고 파악한다.[14] 좁은 방은 현실적인 공간으로 봤을 때는 연전의 하숙방이라고 볼 수 있으나 상징적인 의미로 봤을 때는 시인 자신의 심리적인 공간을 지칭하기도 한다. 이 공간을 통해 시적 화자의 내밀한 의식의 흐름 및 그 심층을 유추해 볼 수 있다.

　세상과 내면의 공간으로 회자되는 좁은 방은 서로 대치되어 있다. 화자는 자발적으로 불을 끄고자 한다. 낮은 피곤하고 그 피곤을 좁은

---

14) Gaston Bachelard, 앞의 책, 157-199면.

방에까지 끌어오지 않으려는 의지로 화자에게 있어서 좁은 방은 휴식의 공간이다.

이러한 방의 설정은 세상과 나의 관계에 대한 최초의 질문이기도 하다. 세상과 어떤 방식으로 관계를 맺을 것인지 어떻게 소통할 것인지에 대한 탐색이다. 방으로 구성된 자아의 영역과 그 영역 밖의 세계에 대한 화자의 두 가지 욕망과 시선이 고스란히 드러나 있다. 단절되어 있긴 하지만 언제든 서로 교통할 수 있고 바라볼 수 있는 창을 갖고 있기 때문이다.

'공기를 바꿔야 할 텐데'라고 시인은 세상과 소통하고자 하는 의지를 분명히 드러내고 있다. 세상으로부터 얻어야 할 것은 통상 인간이 사회와 자연으로부터 자연스럽게 부여 받는 빛과 공기이며 상징적인 의미로 환원하자면 개인적 존재를 이끌어줄 사회의 건강한 가치관들이기 때문이다.

그러나 그런 바깥은 계속 '밤'으로 설정되어 있듯이 어둡기만 하다. 윤동주가 고대하던 모국의 현실이 바람직한 '바깥'으로서 기능을 하지 못했기 때문이다. 그러니 세상 밖과 나의 공간을 연결해주는 창의 존재도 그다지 제 역할을 다 하지는 못한다. 어둠끼리는 결코 서로에게 도움을 주지 못하며 따라서 원활하게 소통될 수도 없기 때문이다.

결국 시인은 세상과 똑같이 어둠으로 자신의 공간을 구성한다. 시인에게 있어 '불을 끈다'라고 하는 것은 모종의 의미에서 바깥의 어둠을 항상 의식하고 있다는 뜻이기도 하다.

시인에게 있어 낮 또한 빛을 주는 개념이 아니라 피곤이 깃들어 있는 고단한 시간이다. 그런 시간 속에서 견뎌야 하는 것은 생기와 희망으로 가득한 일상이 아니라 오히려 분노와 부끄러움으로 점철된 시간이다.

> 窓밖에 밤비가 속살거려/ 六疊房은 남의 나라,
> 詩人이란 슬픈 天命인 줄 알면서도/ 한 줄 詩를 적어 볼가,
> 땀내와 사랑내 포그니 품긴/ 보내 주신 學費 封套 받어
> 大學 노—트를 끼고/ 늙은 敎授의 講義 들으려 간다.
> 생각해 보면 어린 때 동무들/ 하나, 둘, 죄다 잃어버리고
> 나는 무얼 바라/ 나는 다만, 홀로 沈澱하는 것일가?
> 人生은 살기 어렵다는데/ 詩가 이렇게 쉽게 씨워지는 것은/ 부끄러운 일이다.
> 六疊房은 남의 나라./ 窓밖에 밤비가 속살거리는데,
> 등불을 밝혀 어둠을 조금 내몰고,/ 時代처럼 올 아츰을 기다리는 最後의 나,
> 나는 나에게 적은 손을 내밀어/ 눈물과 慰安으로 잡는 最初의 握手.
> 「쉽게 씨워진 詩」 전문. 1942. 6. 3.

앞서 「돌아와 보는 밤」이 연전에서 씌어진 시라면 「쉽게 씨워진 詩」는 일본에서 씌어진 시이다. 그러나 두 시의 시적 배경은 거의 비슷하게 구성되어 있다. 시간은 어김없이 '밤'이고 창밖에는 그리움의 정서를 환기시키는 밤비가 내리고 있으며 공간은 '나의 방'으로 전제되어 있기 때문이다. 앞의 시와 다르다면 모국의 연전 하숙방과 다르게 이 시에서의 방은 '남의 나라' 즉 육첩방으로 표현되어 있다. '육첩

방, 남의 나라'라는 말을 무려 두 번씩 사용함으로 앞서 '방'에 비해서 더욱 단절이 심화되어 있음을 알 수 있다. 또한 '육첩방'은 일본의 방임을 알게 하여 더 단절되고 소외될 수밖에 없는 근거를 제공하며 이러한 타지에 대한 인식은 화자로 하여금 깊게 침잠되어 있게 한다. 고향이라는 익숙한 장소가 주는 위안과 보호가 부재한다는 점에서 타국의 육첩방은 의식과 긴장감을 유발하는 공간이다.[15]

잃어버린 친구들과 쉽게 씌어지는 시는 대조를 이루면서 어려운 시대에 대한 강도를 심화시켜 주고 시적 화자는 다만 침잠된 자신의 공간에서 자신의 또 다른 자아와 화해하기 위한 눈물겨운 반성과 시도를 하고 있다. 슬픈 천명의 시인으로서 자신의 운명을 인정하고 그 운명을 수용하는 것이 시대를 살아가는 자신의 의무임을 생각한다.

이처럼 윤동주에게 있어 방은 자신이 주거하는 공간이기 이전에 자아가 고독하게 앉아서 사색하고 반성하며 과거와 추억하는 공간으로서의 역할을 하며 또는 이것은 세상과 소통하고자 하는 의지를 지니고 있으나 거듭 실패하게 되는 폐쇄된 방으로서 스스로를 고립시키는 '감옥'과도 같은 역할을 하고 있다.

자신에게 손을 내밀어 손을 잡는 행위와 등불을 밝혀 어둠을 내모는 행위는 이러한 철저한 고립 가운데서도 포기하지 않는 희망의 마지막 끈이 되기도 한다.

---

15) '남의 나라' 낯선 방은 첨예한 자의식의 공간이며 자아를 긴장시키는 공간이다. 고향의 집은 시인과 현격한 공간적 거를 두고 있음으로 현재 부재하는 공간으로 인식된다. 유지현, 「'집'의 공간 시학과 1920-1930년대 시인들의 상실의식 고찰」, 『論文集』 31권, 안성산업대학교, 1999, 63면.

윤동주의 방은 자신을 보호하고 쉬는 공간이기보다는 자신의 내면과 만나는 깊은 심연의 공간으로서 역할하며 시인은 이처럼 깊은 회한과 반성을 통해 계속해서 자신이 나가야 하는 공간에 대한 모색을 할 수가 있게 된다.

이 방은 자신을 보호하고 하는 공간이 아니라 어딘가 모르게 단절되어 있는 공간이다. 그러나 이런 방은 침잠에 그치지 않고 점차 확장을 시도하고 있음을 알 수 있다. 이 시에서는 거리가 나타나고 거리를 통해 또 다른 공간으로서의 접근이 가능해진다.

　　黃昏이 짙어지는 길모금에서/ 하로 종일 시드른 귀를 가만이 기우리면/ 땅검의 옮겨지는 발자취 소리,
　　발자취 소리를 들을 수 있도록/ 나는 총명했든가요.
　　이제 어리석게도 모든 것을 깨달은 다음/ 오래 마음 깊은 속에/ 괴로워하든 수많은 나를
　　하나, 둘 제 고장으로 돌려보내면/ 거리 모퉁이 어둠 속으로/ 소리 없이 사라지는 힌 그림자,
　　힌 그림자들/ 연연히 사랑하든 힌 그림자들,
　　내 모든 것을 돌려보낸 뒤/ 허전히 뒷골목을 돌아/ 黃昏처럼 물드는 내 방으로 돌아오면
　　信念이 깊은 으젓한 羊처럼
　　하로 종일 시름없이 풀포기나 뜯자.
　　　　　　　　　　　　　　　　　「힌 그림자」 전문. 1942. 4. 14.

시에는 세 개의 공간영역이 존재한다. 자신의 존재가 기거하는 '내 방'과 '길모금' 및 '거리 모퉁이'로 표현된 거리, 그리고 그 지점들을 통과해 사라진 원형공간으로서의 '제 고장'이다. '거리 모퉁이'는 흐르는 거리의 일부이기도 하지만 상실이 통과하는 지점으로서 그 끝도 알 수 없는 사라짐의 영역이고 '제 고장'은 사라진 존재들을 흡수하는 원초적이고 모태적인 공간이라고도 할 수 있다. '내 방'과 '제 고장'은 대치되어 있고 서로 닿을 수 없는 절대적인 심연의 거리를 가지고 있는 가운데 '거리'는 그 둘 사이를 이어주는 중간지점으로서의 역할을 한다.

시적 화자는 '괴로워하는 나'를 '제 고장'으로 돌려보내면 '흰 그림자'들이 소리 없이 사라진다고 했다. 수많은 자아, 놓아주고 싶지 않은 추억들, 분신과도 같은 기억들에 더 이상 집착하지 않고 보낸다는 것은 결국 과거가 더 이상 재생할 수 없는 것임을 늦게나마 깨달은 것이며 더 이상 현재적인 시간과 공간속으로 끌어올 수 없는 성질임을 알게 된 것이다. 이는 윤동주가 과거와 현재, 원초적인 공간과 현재의 공간을 단절된 것으로 보고 있으며 그것 때문에 상당히 괴로워하고 있었음을 알 수 있다.

검은 그림자를 희다고 한 것은 윤동주가 강조한 어둠과는 대조적으로 상생, 사랑, 순결, 생명 등을 포괄적으로 내포하고 있는 것이라고 볼 수 있다. 순백의 '흰' 그림자의 이미지는 그만큼 분신으로서의 존재가 애틋하고 밝은 기억을 머금고 있기 때문이다. 이는 윤동주가 그리워하고 사랑했으며 다시 회복하고 싶은 유년의 모든 기억과 찾고자 했던 이상적인 모국에 대한 꿈 등 그 모든 것들과 연결된다.

결국 내 방에서 멀어지고 있는 존재, 그 존재들은 '거리'라는 흐르는 공간을 거쳐 제 고장으로 사라진다. 이 모든 걸 돌려보내고 나서의 시적 화자는 지극히 허무하고 큰 상실감에 휩싸이지만 역으로 또 모든 괴로움에서 해방되고 모든 욕망에서 초월한 담담하고 의젓한 포즈를 취할 수도 있게 된다. 윤동주의 공간에 대한 인식의 확장은 결국 단절이라는 한계를 극복하고자 한 시도라고 볼 수 있다.

4.3. 흐르는 세계로부터 절대적 유동의식 도달

이런 공간은 작은 방에서 그치지 않고 계속해서 탐색되어진다. 이는 디아스포라로서 윤동주가 자신의 운명을 인식하는 방법이기도 하다. 평양 → 만주→ 경성 → 일본 등의 이동을 통한 물리적인 거리는 상대적인 그리움을 유발시킨다. 영원한 '고향'이란 없으며 한 곳에서 또 다른 곳으로의 이동은 존재론적인 탐험과도 같다. 이른바 '인간이란 정착할 수 없는 존재'[16]로서 매 순간 유동으로 인해 주어진 세계를 수용해야 한다. 본고에서 다루는 디아스포라 유동의식이란 이른바 한 곳에서 또 다른 곳으로의 이동에 의해 생성되는 정체성 및 의

---

16) 일체의 표현은 인간 존재로 하여금 정착을 잃게 한다. 상상력의 영역에서는 하나의 표현이 제시되자마자, 존재는 다른 하나의 표현을 필요로 하며, 존재는 다른 하나의 표현의 존재가 되어야 한다. Gaston Bachelard, 곽광수 역, 『공간의 시학』, 민음사, 1997, 379면.

식 변화와 함께 변화된 지점까지 수렴할 수 있는 수용성을 포함한 개념이다.

디아스포라 이동을 통해 물리적인 거리가 생겨나는 것처럼 하나의 세계에서 또 다른 세계와의 만남은 좁혀질 수 없는 타자와의 거리를 생성시킨다. 레비나스는 이에 대하여 '분리'라고 부른다. '분리'는 '내면성'과 '외재성', 나와 타인, '동일자'와 '타자' 사이에 거리가 형성되는 것으로 타자가 나에게 환원될 수 없는 '외재성'을 갖듯이 바깥과 구별되는 '내면성'이 나에게 있을 때 성립한다.[17] 즉 그것은 우리 '내부의 무한'과 연결되어[18] 인간의 존재와 세계의 존재를 대면시킨다. 여기와 저기의 변증법은 절대의 반열로 올려지며 이 두 보잘것없는 장소의 부사에, 잘 통제되지 않은, 존재 결정의 힘이 주어진다.[19]

그러므로 이와 같은 변증법의 힘에 의해 인간은 무한 순환의 유동 세계 속에 진입하게 되며 디아스포라 경험으로 인한 타자성의 상대적 거리에 대한 인식은 오히려 자신의 '내면성' 즉 의식의 주체성을 구축할 수 있는 길이 된다. 타자성과의 구별 및 삶의 유동으로 인한 의식의 변증법은 디아스포라가 아닌 모든 사람에게 적용되는 보편성을 갖고 있지만 낯선 세계와의 경험 속에서 타자와 자신과의 경계를

---

17) Emmanuel Levinas, 앞의 책, 124면.
18) 그것은 삶이 억제하고 조심성이 멈추게 하나 고독 가운데서는 다시 계속되는 일종의 존재의 팽창에 결부되어 있다. 우리들은 움직임 없이 있게 되지 말자, 다른 곳에 가 있게 된다. 우리들은 무한한 세계 속에서 꿈꾼다. 무한은 조용한 몽상의 역동적인 성격의 하나이다. Gaston Bachelard, 앞의 책, 343면.
19) 위의 책, 377면.

명확히 인식해야만 하는 디아스포라에게 있어 더 분명한 논리로 다가오게 된다.

> 나는 종점(終點)을 시점(始點)으로 바꾼다.
> … …
> 이제 나는 곧 종시(終始)를 바꿔야 한다. 하나 내 차에도 신경행, 북경행, 남경행을 달고 싶다. 세계 일주행이라고 달고 싶다. 아니 그보다도 진정한 내 고향이 있다면 고향행을 달겠다. 도착하여야 할 시대의 정거장이 있다면 더 좋다.　　　　　　　　　　　「終始」 중에서

'종점이 시점이 되고 시점이 다시 종점이 된다.'는 윤동주의 깨달음은 시·공간적 사유가 순환의 논리에 의해서 동일 선에서 귀결될 수 있다는 것과 자신이 도달해야 하는 영원한 고향은 없음을 보여준다. 이런 인식에 이르는 과정은 끝없이 유동하는 세계에 대한 괴로움 속에서 얻어지는 것으로 이 장에서는 이 과정의 시들을 주목하고자 한다. 주로 연전 말과 일본 유학 시기에 작성된 시들로 디아스포라의 유동적 특징은 시 속에서 '바람', '기차', '흐르는 거리' 등의 이미지로 표상된다.

바람에는 많은 의미와 상징체계가 있다. 바람은 자연의 일부로 촉감적인 현상으로 지각되고 시각적으로 보이지는 않지만 소리로서 인간의 깊은 내면과 소통할 수 있는 특질을 지니고 있다. 방향 없이 흘러가는 속성은 자유로움의 상징으로 쓰이기도 하고 '변화'와 같은 새로움을 가져다주는 것으로 비유되기도 한다.

생명의 본질은 '변화'로서 정적인 것은 소실되고 끊임없는 이동과 생성을 통해 흐르게 된다. 윤동주의 시에서는 바람이 많이 등장하는데 여기서의 바람은 디아스포라적인 원류로서 끊임없이 이동하는 것에 대한 상징으로 해석할 수 있다. 그것은 자발적인 이동이라기보다는 그 기원과 끝을 알 수 없는 것으로 해석된다.

> 바람이 어디로부터 불어와/ 어디로 불려 가는 것일가.
> 바람이 부는데/ 내 괴로움에는 理由가 없다.
> 내 괴로움에는 理由가 없을가.
> 단 한 女子를 사랑한 일도 없다. ─ (ㄱ) / 時代를 슬퍼한 일도 없다. ─ (ㄴ)
> 바람이 자꼬 부는데/ 내 발이 반석 우에 섰다.
> 강물이 자꼬 흐르는데/ 내 발이 언둑 우에 섰다.
>
> 「바람이 불어」 전문. 1941. 6. 2.

바람이 디아스포라의 원류나 흐름을 상징하고 있다면 이 시는 윤동주가 괴로운 이유를 역설적으로 잘 보여준다. 시에서 주된 소재는 바람이다. 바람과 강물은 그 원소의 소재는 다르지만 어딘가를 향해서 끊임없이 움직인다는 측면에서 유동이라는 공통의 성질을 갖고 있다. 강물은 높은 데서 낮은 데로 흐르며 중력의 법칙에서 벗어나지 않지만 바람은 오고 가는 방향을 가늠할 수 없다는 측면에서 디아스포라의 보다 적절한 상징을 제공한다. 시에서 전반적으로 유지되고 있는 주된 심상은 강물보다는 바람이다.

'바람이 부는데'라는 전제에도 불구하고, '괴로움에는 이유가 없다'고 시적화자는 말하고 있으며 가장 유력한 두 가지 이유인 (ㄱ)도 (ㄴ)도 부정한다. 이와 같은 부정은 괴로움의 실체가 외적인 것에 것이 아닌 내적인 것에서 기원하고 있음을 설명한다.

마지막 두 연은 '강물이 자꼬 흐르는데', '바람이 자꼬 부는데'라고 하여 통제할 수 없는 시대적 상황, 선택할 수 없는 흐름들 앞에서 모션을 취할 수 없는 현실적 갈등이 드러난다. 강물이 흐르는 것은 그것에 맞추어서 화자 자신에게도 함께 이동해야 하는 무언의 동화를 요구하고 있는데 반해, 윤동주의 발은 반석과 언덕이라는 이동하지 않는 공간에 있음으로 이 둘은 갈등하고 있으며 본질적인 모순에 직면해 있게 된 것이다.

이처럼 극명하게 드러난 괴로움의 이유에도 윤동주는 '이유가 없다'고 하는 것은 표면적인 위장일 뿐 더 큰 정착의 욕망은 내밀하게 포장되어 있다. 결국 지향하고 있는 것은 반석이나 언덕으로 상징되는 정착할 수 있는 공간인데 비해, 현실에서는 바람에 의해 어디로 가야 할지 모르는 상황에 처해 있으므로 시적화자는 괴로운 것이다.

어디에서 불어와 어디로 가는지 알 수 없는 바람의 본질은 비자발성에 의해 생성되고 여전히 제어할 수 없는 힘에 의해 이동할 수밖에 없는 디아스포라들의 유동성과 많이 닮아 있다. 그러므로 윤동주의 괴로움의 실체가 결국 '바람'에 의한 것임이 드러난다.

으스럼이 안개가 흐른다. 거리가 흘러간다./ 저 電車, 自動車, 모든
바퀴가 어디로 흘리워 가는 것일가? 定泊할 아무 港口도 없이, 가련한
많은 사람들을 싣고서, 안개 속에 잠긴 거리는, ― ①

　거리 모퉁이 붉은 포스트 상자를 붙잡고, 섰을라면 모든 것이 흐르
는 속에 어렴풋이 빛나는 街路燈, 꺼지지 않는 것은 무슨 象徵일까?
사랑하는 동무 朴이여! 그리고 金이여! 자네들은 지금 어디 있는가?
끝없이 안개가 흐르는데, ― ②

　"새로운 날 아츰 우리 다시 情답게 손목을 잡어 보세" 몇 字 적어
포스트 속에 떨어트리고, 밤을 새워 기다리면 金徽章에 金단추를 삐였
고 巨人처럼 찬란히 나타나는 配達夫, 아츰과 함께 즐거운 來臨. ― ③

　이 밤을 하욤없이 안개가 흐른다.

「흐르는 거리」 전문. 1942. 5. 12.

　계속하여 흐르는 분위기와 유동을 하는 이미지가 열거된다. '안개
가 흐른다.'고 하는 표현이 무려 세 번씩이나 표현되어 있고 거리도 흐
르고 있다. 첫 번째 단락에서는 유동하는 많은 대상들이 나열되어 있
다. 흐르는 이미지를 강조하기 위해 '정착할 대상'이 없는 쓸쓸하고 텅
빈 항구를 언급함으로 유동성이 강조된다. 전차나 자동차나 바퀴 등
모든 것은 모두 근대의 상징이며 침략 속에서 생성된 디아스포라 또
한 근대의 산물이라는 측면에서 둘은 본질적인 공통점을 갖고 있다.

　두 번째 단락에서는 다시 '거리 모퉁이'가 등장한다. 윤동주가 사용
하는 '거리 모퉁이'는 과거의 존재와 현재의 자신을 연결해 주는 통로
로서의 역할을 하는데 이 시에서도 우편 상자와 같이 소식을 전해주
고 먼 곳의 존재와 연결하는 역할을 하고 있다. 두 번째 단락에서는

첫 번째 단락의 흐르는 이미지와 대조적으로 시적화자가 잡고 싶은 대상, 정착하고 싶은 기억에 대한 실마리들을 보여준다. '꺼지지 않는 것', 가로등은 동무 朴, 金과 함께 시적화자가 내면 깊숙이 소중하게 간직하고 있는 것들이며 그것은 첫 번째 연에서의 흐르는 이미지와 대조적으로 멈추어 있으며 정지되어 있고 영원히 기억하고 싶어 하는 것들이다. 어둠속에서의 가로등은 윤동주가 기억하는, 다시 재생하고 싶어하는 것들의 상징이다. 또한 시적화자가 그것들의 상징을 기어이 되묻는 행위는 그 멈추어 선 물질들, 그리고 어디에 있는지 알 수 없는 朴과 金 모두 현재에는 없는 것이지만 화자는 집요하게 복귀하고 싶어 하는 욕망을 보여준다.

세 번째 단락에서는 배달부의 등장과 함께 1연, 2연과는 다른 풍경을 제시하고 있다. 이때의 배달부는 금빛 휘장에 금단추를 한 '거인'의 모습으로 등장한다. 즉 이는 보통 배달부가 아니라 영웅이나 신화적인 이미지로까지 격상되는 것을 알 수 있다. 배달부를 통해서 시적화자가 밤을 새워 기다리는 것은 '아츰' 및 '來臨'으로 표현되는 새로운 소식이다. 또한 '아츰'은 앞의 시들에서 제시되었던 태초의 시간에 대한 복원이기도 하다.

이처럼 3연에서는 시적화자가 꿈꾸는 삶이 배달부를 통해 제시하고 있으며 이를 통해 윤동주는 자신의 침잠된 현재와 연결되어지고 소통되어지는 과거와 미래의 시간들을 간절히 소원하고 있음을 알 수 있다. 계속 흘러가야 할 수 밖에 없는 디아스포라의 불안한 의식은 시 전편에 거쳐서 '하염없이 흐르는 안개'로 표상이 되고 시적화자가 고대하는 진실은 다정한 추억이 서 있는 과거나 그 추억과 다시 재회할 수 있는 미래에 있는 것이다.

이와 비슷한 심상을 가진 시로는 그 전에 연전에서 작성한 「看板 없는 거리」가 있고 그 뒤에 작성한 「사랑스런 추억」이라는 시가 있다.

> 停車場 푸랄쫌에 / 나렸을 때 아무도 없어.
> 다들 손님들뿐,/ 손님 같은 사람들뿐,
> 집집마다 看板이 없어/ 집 찾을 근심이 없어
> 빨갛게 / 파랗게/ 불붙는 文字도 없어 ― ①
> 모퉁이마다/ 慈愛로운 헌 瓦斯燈에 불을 혀 놓고,
> 손목을 잡으면/ 다들, 어진 사람들/ 다들, 어진 사람들
> 봄, 여름, 가을, 겨을,/ 순서로 돌아들고. ― ②
>
> 「看板 없는 거리」 전문. 1941.

「看板 없는 거리」는 1941년, 연전에서의 마지막 해에 작성된 것이다. 제목에서처럼 '거리'를 소재로 하고 있으며 '간판이 없다'고 하는 것은 자신의 이름으로 되어 있는, 마음 편히 쉴 공간이 없다는 것이며 이는 곧 자신의 주체를 실현할 수 있는 공간이 없음을 뜻하기도 한다.

시를 크게 두 개의 구조로 나누어 보았을 때 전반부에서 정거장 플랫폼에 내렸을 때 거리의 모습이 묘사되고 있다면 후반부에서는 모퉁이의 모습이 묘사되고 있다. 이와 같이 시적 전개를 '이미지 묘사'라는 단순한 기법으로 풀어놓고 있음에도 ① 과 ② 의 분위기와 다름

으로 인해 화자의 심상에도 미묘한 차이가 발생하게 된다.

① 에서는 거리에 내렸을 때의 정경을 묘사하고 있는데 거리에 아무도 없어서 황량하고 삭막한 것이 아니라 사람은 가득 차 있음에도 '손님'이라고 설정된 낯 설은 타인의 모습으로 인해 생경하고 이질적인 풍경이 되어버리고 있다. 이러한 낯선 풍경의 모습은 '디아스포라적 특성'을 띄고 있다. 우선은 정착해 있는 주민이 아닌 늘 이동해야 하는 '손님'으로 설정이 되어 있고 집집마다 '간판'이 없어 마음 편히 안착할 수 있는 공간이 존재하지 않기 때문이다. 이런 특성은 자신의 땅을 갖지 못한 채 늘 어딘가로 정처 없이 이동해야 하는 디아스포라들의 모습과 별반 다르지 않다.

② 에서는 이러한 낯 설은 풍경을 따뜻하고 친근한 환경으로 환원시키려는 화자의 바람을 드러내고 있다. '불을 켜고', '손목을 잡는' 행위는 이러한 낯설고 어색한 '거리(距離)'를 좁히고 친근하게 만들려는 행위의 시도이며 이에 대해서 시적화자는 확신을 가지고자 '다들', '어진 사람들'임을 두 번 반복하고 있는 것이다. 이러한 어진 사람들이 가득 찬 풍경이야말로 '봄, 여름, 가을, 겨울'이 차례로 돌아가는 지극히 자연스러운 풍경임을 마지막 한 줄을 통해서 슬며시 강조되고 있다.

이 시에도 모퉁이가 등장을 하는데 앞서 '거리 모퉁이'가 과거의 존재와 현재의 자신을 연결해 주는 통로로서의 역할을 했다면 이때의 모퉁이는 현재와 미래를 연결시키는 전환점으로서의 역할을 한다. 시적화자가 소망하는 것은 모든 것이 단절되어 있어 낯설고 또한 자신의 고유한 정체성 및 공간조차 확보할 수 없는 '불안정한' 현실이

아니라 모든 것이 따뜻하고 자애로우며 '불'이 밝혀져 있고 친근한 선
민으로 가득한 거리의 모습이기 때문이다.

한편 비슷한 구조로 전개된 「사랑스런 追憶」에서는 윤동주가 그리
워하는 존재가 무엇인지에 대한 해명을 밝힌다. 시에서는 연전의 나
와 일본에서의 내가 대조되어 표현되기 때문이다. 이런 대조를 통해
서 시인 윤동주가 끊임없이 그리워하는 실체가 고정된 것이 아니라
이 또한 유동되는 것임을 보여준다.

> 봄이 오든 아츰, 서울 어느 쪼그만 停車場에서/ 希望과 사랑처럼
> 汽車를 기다려,
> 나는 푸라트 · 쫌에 간신한 그림자를 떨어트리고,/ 담배를 피웠다.
> 내 그림자는 담배 연기 그림자를 날리고, / 비둘기 한 떼가 부끄러울
> 것도 없이/ 나래 속을 속, 속, 햇빛에 비춰, 날었다. ─ ㉠
> 汽車는 아무 새로운 소식도 없이/ 나를 멀리 실어다 주어,
> 봄은 다 가고 ── 東京 郊外 어느 조용한 下宿房에서, 옛 거리에
> 남은 나를 希望과 사랑처럼 그리워한다./ 오늘도 汽車는 몇 번이나
> 無意味하게 지나가고,
> 오늘도 나는 누구를 기다려 停車場 가차운/ 언덕에서 서성거릴 게다.
> ─ ㉡
> ── 아아 젊음은 오래 거기 남어 있거라.
> 「사랑스런 追憶」 전문. 1942. 5. 13.

이 시는 크게 두 개의 시점으로 구성되어 있다. 첫 번째는 연전에
서의 과거 시점과 공간이며 두 번째는 동경에 머물러 있는 현재의 시

점과 공간이다. 이 둘을 이어주는 역할로 앞의 시에서 배달부가 등장
했다면 이 시에서 이러한 역할을 감당하고 있는 것은 기차라는 문물
이다. 근대의 상징이기도 한 '기차'는 이 시에서 과거와 현재를 이어
주는 통로로서 기능하며 끊임없이 흐르는 시간을 의미하기도 하고
전환된 공간을 지칭하기도 한다.

　연전에서의 윤동주와 동경 유학 당시 윤동주의 극명한 비교를 통
해 윤동주가 그리워하는 대상을 비교적 선명하게 보여준다. 과거와
현재는 이어진 것이지만 '봄'이라는 계절을 통해 그 차이를 확인할 수
있다. (ㄱ)에서의 봄에서 화자는 서울에 정착해 있고 플랫폼에 '그림자'
를 떨어뜨리는 행위를 통해 자신의 분신이 미련처럼 그곳에 남아 있
음을 드러낸다. 비둘기 날개를 비추어 주는 햇빛의 밝고 화사한 빛의
이미지를 통해서 윤동주가 서울에서 그리고 연전에서 보냈던 날들의
명도, 밝음의 강도를 측정할 수 있다. 비둘기의 순결함과 평화 그리
고 자유의 의미는 과거의 시간을 밝고 투명한 기억으로 승화시키고
있다.

　그러한 명도 높은 시간으로 지칭된 봄에 비해 현재의 시간은 '그리
움'으로 둘러싸인 조용하고 무의미한 시간으로 표현되고 있다. 또한
기차는 반가운 소식을 가져다주는 것이 아니라 오히려 의미 없는 운
행만 반복하는 기계로서만 역할하고 있다.

　윤동주가 기다리는 '새로운 소식'이라는 것은 결국 앞의 「흐르는
거리」라는 시에서 제시되었던 '손목을 잡을 수 있는 다정한 친구들의
소식'인데 이 시에서는 아무도 오지 않는 기차역이 교토의 기차역임

을 밝혀 좀 더 차갑고 소외된 시·공간적 인식을 드러낸다.

이 시점에서 윤동주가 늘 그리워하고 궁극적으로 닿고자 하는 대상은 과연 존재하는 것일까라는 질문을 던질 수 있다. 애초에는 모국이었고 연전유학을 통해서는 오히려 단절된 시·공간에서 소통하고자 하는 의지로 끊임없는 탐색을 거치고 있으며, 일본유학을 통해서는 다시 과거의 시간을 추억하고 있기 때문이다. 그것은 모국을 거점으로 이동하고 있으나 모국에서 이상적인 시·공간을 확보할 수 없었던 비극적 현실의 제약으로 끊임없이 재 탐색되는 것이다.

또 하나는 윤동주의 시가 '그리움'으로 일관하고 있는데 이는 '상실'된 것을 기억하고 그리워하고 있을 뿐만 아니라 한편으로 삶의 이동경로와 경험에 따라 함께 그 대상도 이동되고 있음을 알 수 있다. 이는 역사적인 상황이나 당위성을 떠나서 '과거 지향적'이며 '상실 의식'을 잘 보여준다는 측면에서 윤동주 시의 또 하나의 시적 경향으로 분류될 수 있는 것이지만 한편 공간의 이동 즉 디아스포라 체험을 통해서 의식이 어떻게 변화되고 있는지도 잘 보여준다.

디아스포라 공간에 대한 탐색은 계속 영역을 확장하고 있다.

> 故鄕에 돌아온 날 밤에/ 내 白骨이 따라와 한방에 누웠다.
> 어두운 房은 宇宙로 通하고/ 하늘에선가 소리처럼 바람이 불어온다.
> 어둠 속에 곱게 風化作用하는/ ① 白骨(을 들여다보며/ 눈물짓는 것이 ② 내가 우는 것이냐/ 白骨이 우는 것이냐 / ③ 아름다운 魂이 우는 것이냐
> 志操 높은 개는/ 밤을 새워 어둠을 짖느다.

어둠을 짖는 개는/ 나를 쫓는 것일 게다.

가자 가자/ 쫓기우는 사람처럼 가자/ 白骨 몰래/ 아름다운 또 다른
故鄕에가자.   「또 다른 故鄕」 전문. 1941. 9.

이 시는 윤동주가 연전에서 북간도의 고향에 돌아왔을 때 쓴 것이
다. 고향에 돌아왔지만 시적화자는 정작 또 다른 고향을 찾고 있다.
또 다른 고향이라고 하는 것은 결국 현재에 머물러 있지 못하고 '이
상지'를 찾아 또 다른 공간으로 유동해야 함을 의미한다.

시의 시간적인 배경은 밤이고 여기에서도 윤동주는 바람의 존재를
감지하고 있으며 방에는 또 다른 자아의 분신이라고 할 수 있는 '백
골'을 끌어 들이고 있다. 이 시에서는 직접 밝힌 바와 같이 윤동주의
내밀한 방이 우주와 소통을 시도하고 있음을 알 수 있는데 하늘에서
울리는 소리는 곧 신의 메시지와 같으며 그 소리의 실체는 곧 '바람'
으로 상징되는 디아스포라 기류를 뜻한다. 하늘의 메시지 = '바람'이
라는 등식을 전제로 하여 보면 '바람'이야말로 시적화자를 또 다른 고
향으로 이끄는 운명적 힘이라고 볼 수 있을 것이다.

어둠속에는 세 종류의 자아로 표상되는 분신이 등장하는데 각각
① 風化作用되는 백골 ② 나 ③ 아름다운 혼이다. 여기에서 주목할
수 있는 건 風化作用하는 백골의 이미지이다. 김흥규는 '백골'을 어떤
초월적 세계의 추구를 제약하는 지상적·현실적 연쇄에 속한 존재로
보았으며[20] 이성우는 백골을 현실적 자아를 대변하는 시어로 보는

---

20) 김흥규, 「윤동주론」, 『문학과 역사적 인간』, 창작과 비평사, 1980, 149면.

한편 고향이나 식민지 조국을 대변하는 양가성에 주목했다.[21] 최동호는 '백골'의 '풍화작용'에 주목하여 '삶의 무의미성'을 도출하고 현실과의 타협을 일절 거부하는 태도로 결사의 지조를 표명하는 상징물로서 '백골'을 평가하고 있다.[22]

이처럼 거죽도 벗겨지고 더 이상의 생명이 남아있는 않은 백골을 현실적인 자아를 대변하는 윤동주의 페르소나로 보는 견해가 주를 이룬다. 그러나 앞서 희생된 아니마도 상실하고 페르소나도 희생한 윤동주에게 남아 있는 것은 '나'라고 지칭할 수 있는 거죽만 남은 객관적 자아와 그 자아의 심층에서 여전히 고향을 찾고 있는 혼이다. 화자는 '백골 몰래'라고 함으로 희생된 페르소나를 뒤에 두고 또 다른 곳을 찾아 헤매는 부끄러움을 몰래 드러내고 있다.

밤을 새워 어둠을 짖는 지조 높은 '개'는 시적화자를 채찍질하며 계속 흐를 수 있도록 하는 힘을 부여해주고 있다. '개'의 상징은 외부에서의 압력 같은 것이고 시적 화자는 '개'에 의해서 강제적인 힘을 부여받아 앞으로 계속 나아갈 수 있게 되는 것이다. 이러한 힘의 발현은 계속 흘러가야만 하는 운명에 처해있는 시적화자를 좀 더 주체적으로 앞으로 끌어가는 역할을 하고 있다. 마지막 한 연은 시적 화자 또한 스스로에게 그러한 명령을 내리면서 또 다른 고향이 자신이 추구해야 할 또 다른 공간임을 보여준다.

---

21) 이성우, 「견고한 거울과 또 다른 고향: 윤동주 시의 자아 성찰과 새로운 세계 모색」, 『한국근대문학연구』, 4권 2호, 한국근대문학회, 2003, 313면.
22) 최동호, 「윤동주의 또 다른 고향과 이상의 문별의 상호텍스트성 연구」, 『어문연구』, 39권, 어문연구학회, 2002, 316-320면.

이러한 우주의 발견을 거쳐 더 큰 세계를 담아낸 시로는 「별 헤는 밤」이 있다. 디아스포라 의식을 드러낸 시 중, 가장 스케일이 큰 것이라고 볼 수 있는데 이 시는 디아스포라 공간에 윤동주의 디아스포라 의식의 정점을 보여준다.

季節이 지나가는 하늘에는/ 가을로 가득 차 있습니다.

나는 아무 걱정도 없이/ 가을 속의 별들을 다 헤일 듯합니다.

가슴속에 하나 둘 새겨지는 별을/ 이제 다 못 헤는 것은/ 쉬이 아츰이 오는 까닭이오,/ 來日 밤이 남은 까닭이오,

아직 나의 靑春이 다하지 않은 까닭입니다.

별 하나에 追憶과/ 별 하나에 사랑과/ 별 하나에 쓸쓸함과/ 별 하나에 憧憬과/ 별 하나에 詩와/ 별 하나에 어머니, 어머니,

어머님, 나는 별 하나에 아름다운 말 한다디식 불러봅니다. 小學校때 冊床을 같이 했든 아이들의 일홈과, 佩, 鏡, 玉 이런 異國少女들의 일홈과 벌서 애기 어머니 된 게집애들의 일홈과, 가난한 이웃사람들의 일홈과, 비둘기, 강아지, 토끼, 노개, 노래 「뚜랑시쓰·쨤」 「라이넬·마리아·릴케」이런 詩人의 일홈을 불러 봅니다.

이네들은 너무나 멀리 있습니다./ 별이 아슬이 멀듯이,

어머님,/ 그리고 당신은 멀리 北間島에 게십니다.

나는 무엇인지 그리워/ 이 많은 별빛이 나린 언덕 우에/ 내 일홈자를 써보고,/ 흙으로 덮어 버리였습니다.

따는 밤을 새월 우는 버레는/ 부끄러운 일홈을 슬퍼하는 까닭입니다.

「별 헤는 밤」 전문. 1941. 11. 5.

공간을 극복하기 위한 방법으로 윤동주는 자신의 디아스포라적인 저변을 확장시켜 우주적인 공간으로 넓혀갔다. 하나의 별이 하나의 세계이자 하나의 우주로 환원되고 그 우주 속에는 윤동주가 사랑하고 경험하는 모든 대상들과 그리움들이 포함되어 있다.

이 시에는 윤동주의 전체 시를 통틀어 가장 많은 존재들이 등장한다. 소학교 때 책상을 같이 했던 아이들과 佩, 鏡, 玉을 비롯한 만주에서의 이국소녀들은 윤동주의 시에서 유일하게 언급된 만주의 기억이라고 볼 수 있다. 뿐만 아니라 수많은 이웃사람들과 함께 윤동주의 시 속에 그동안 등장해 왔던 비둘기, 강아지, 토끼를 비롯한 동물들과 쨈, 릴케와 같이 자신이 사랑하는 시인들까지 거론되고 있다. 이것은 모두 시적화자가 삶을 살면서 만났던 대상들이고 또한 사랑했던 존재들이기도 하며 '우주'라는 거대한 공간 안에 다 포용될 수 있는 것들이기도 하다. 별이라고 하는 것은 하나의 세계를 대표할 수 있는 작은 소우주로 회자된다.

시간적인 배경은 여전히 '밤'으로 설정되어 있으나 그 전의 밤과는 달리 많은 별들이 떠 있는 열린 공간이며 또한 과거와 기억의 모든 것이 반짝이고 있어 어둠과 함께 빛도 공존하는 '밤'이기도 하다. 하늘에 떠 있는 별들은 '밤'을 채워주는 존재로서 역할하게 된다. 그러나 시에서 주목할 것은 공간의 확장이 아니라 확장된 공간 안에서 존재들의 배열에 관한 것이다.

만주에 있을 때는 만주에서 모국인 한반도를 그리워하고 그것이 어머니로 지칭된 바 있으나 서울에서 작성한 이 시에서 그 대상은 어머니가 된다. 모호한 그리움의 대상, 우주적 공간에서 자신의 정체성을 여전히 확보할 수 없는 디아스포라 존재의 심경이 드러나 있다.

디아스포라 시점이 이같이 이동된 것은 한편 넓고 넓은 우주에서 윤동주가 느낀 것은 별과 별 사이의 '거리'를 드러낸다. 그 거리야말로 디아스포라들로 하여금 그 운명에 굴복할 수 없는 절대적인 굴레이며 폭력적인 힘의 시초였던 것이다. 애초 디아스포라들은 물리적인 이주를 통해서 '거리'를 생성해갔고 물리적인 거리는 심리적인 단절을 야기 시켰으며 이런 삶의 축적은 디아스포라들에게 회복할 수 없는 굴레를 만들어 주었기 때문이다.

윤동주에게 있어 '멀다'라고 하는 것의 의미는 그 세계와의 거리를 인식하고 있으며 이는 또한 심리적인 단절을 드러내기도 한다. 「별 헤는 밤」에서 윤동주는 자신의 그리움 및 애달픈 정서가 어디에서 비롯되었는지 알게 된다. 늘상 모국을 지향하고 그리워하는 지점에서 역으로 고향인 북간도를 그리워하게 되었기 때문이다.

이는 그리움의 대상이 하나로 고정된 것이 아니라 끊임없이 순환되고 유통되는 것이며 한 곳에서 또 다른 곳으로 나아갈 때, 이미 떠나온 지점이 그리움의 대상이 되어버리는 것임을 의미한다. 이것은 또한 의식의 유동성을 의미하며, 고정되고 완전한 의식이란 없으며 이것은 체험을 통해서 하나에서 다른 하나로 나아가는 순환과 역설의 변증법이다.

죽는 날까지 하늘을 우러러/ 한 점 부끄럼이 없기를,/ 잎새에 이는 바람에도/ 나는 괴로워했다./ 별을 노래하는 마음으로/ 모든 죽어가는 것을 사랑해야지/ 그리고 나한테 주어진 길을/ 걸어가야겠다.
　　오늘 밤에도 별이 바람에 스치운다.

「序詩」 전문. 1941. 11. 20.

윤동주의 대표 시 중의 하나로 알려진 「서시」에서는 괴로움의 근거가 어디에서 오는지 잘 알 수 있게 한다. 별을 하나의 디아스포라 개인이라고 상정할 때 바람은 디아스포라적 삶을 생성시키는 어떤 보이지 않는 존재, 힘 그리고 외부적인 환경이며 어딘가 그 방향을 알 수 없는 힘의 모든 것이라고 볼 수 있다.

디아스포라가 개인은 계속해서 흔들리고 있다. 개인의 역사에는 한계가 있으므로 디아스포라적인 존재가 감내해야 하는 괴로움 그리고 부끄러움으로 인해서 작은 소우주인 별은 끊임없이 흔들리게 된다. 그럼에도 시적화자는 주어진 길을 가겠다는 소명의식을 가지고 있으며 존재의 흔들림마저도 기꺼이 수용하고 사랑으로 품어 안겠다는 의지를 표명한다.

5. 결론

    이상으로 윤동주의 시에 나타난 디아스포라 의식의 변모양상을 고찰해 보았다. 그동안의 디아스포라 연구들에서는 윤동주의 '고향'을 식민지 현실과 관련하여 '찾을 수 없는 고향'으로 규정하고, 그에 대한 실향의식과 그 극복의지가 시로 발현된다고 보았기 때문에 식민지라는 정치적 상황만으로 환원되지 않는, '순수한 디아스포라 의식'에 대한 고찰이 미흡했다.

    본고에서 이론의 틀로 천착한 디아스포라 의식은 윤동주가 고등교육을 받은 만주의 지식인이라는 것에서부터 출발한다. 윤동주는 만주에서 부유한 가정의 장남으로 태어나 일련의 수학과정을 보냈다. 처음 고향을 떠나게 했던 평양으로의 유학은 윤동주가 정체성에 눈 뜨고 자신의 고향이 '북쪽'이 아닌 '남쪽 하늘' 아래임을 자각하는 계기가 되었다. 그러나 모국과의 만남, 연전유학을 통해 '상상적 고향'이 존재하지 않음을 확인하게 된다. 이는 식민지상황으로만 환원시키기에는 훨씬 복잡한 기제가 작동하는데 모국이라는 대상 속에 내재된 '타자성'은 영원히 제거될 수 없는 순환적 알레고리의 연속이기 때문이다. 일본으로의 유학은 또한번 거대한 대타자와 조우하여 디아스포라 삶을 체험케 하였고 '디아스포라 의식'의 갈등은 정점을 치닫게 되었다. 결국 윤동주는 이런 대타자들을 초월하는 방식으로 시를 통해 변증법적 디아스포라 의식의 변용을 구현해 냈다.

본 논문의 목적은 바로 윤동주의 디아스포라 의식의 궤적을 따라가 보는 것이다. 디아스포라 의식은 유동하는 특징을 지니며 이는 중심을 상정한 '실향의식'이나 '고향의식'과는 변별되는 것으로 보다 섬세한 접근이 요구된다. 예컨대 의식의 작용은 디아스포라가 처한 세계와의 상호작용 속에서 발전하며 그 자체의 개인의식과도 연관되어 있다. 이는 자신이 디아스포라임을 자각하는 인식론으로부터 출발하여 타자와의 작용을 통해서 변화, 발전한다. 본고에서는 디아스포라의 역사성 보다는 '의식의 흐름'에 무게를 두었고 이를 시 분석에 효과적으로 적용하기 위해 '유동성'과 '타자성'을 그 특질로 규정하였다.

유동성이란 이른 바 '고향'이라는 중심점에서 이탈하여 나가는 일련의 변증법적 사유의 궤적을 말한다. 이는 한편 세계를 바라보는 나의 의식, 관점 현상이 불가피하게 갈등 상황을 통해 변화되는 것이며 관점과 시각이 변화된다는 것은 자기의식에서 타인의식으로 넘어가는 것을 의미하기도 한다. 그리하여 윤동주의 디아스포라 의식의 지향점은 단순한 유년으로의 '복원'이나 평화의 희구가 아니라, 끊임없이 열린 시간과 공간을 향해 나가는 변증법적 순환 속에서 이루어진다.

2장에서는 윤동주가 다른 디아스포라 시인들과는 다소 다른 정체성을 갖고 있으며 그것이 어디로부터 비롯되었는지를 전기적 사실과 기타 만주 시인들과의 비교를 통해 분석했다. 만주의 조선인들은 식민지 국가체제 - '만주국'의 틀 속에서 '중간자적 존재'로 다층적인 지위를 보유하고 있었다. 다중적 정체성과 만주의식이 공존하는 디아스포라 공간에서 윤동주는 차별화된 디아스포라 정체성을 보유할 수 있었는데 그 이유로는 식민지의 영향이 덜 미쳤던 명동촌의 특성과 넉넉한 가계에 자발적인 유학을 선택할 수 있었고 충분한 민족교육을 받고 자란 것 등이 추정된다.

처음으로 떠난 평양유학에서 윤동주는 식민문화 접촉을 통해 자신의 정체성의 좌표를 확보하고 자신의 지정학적 지도를 더 자세하게 그리고 나아갈 지점을 확보하는데 이 과정은 시기에 작성된 「남쪽 하늘」, 「조개 껍질」, 「고향집」, 「오줌쏘개 디도」 등과 같은 '방위' 관련 시들을 통해서 구체화된다. 평양유학을 통해서 윤동주는 민족의 현실과 함께 조선인으로서의 정체성을 확인하게 되고 자신이 나아갈 근원적 고향에 대한 보다 상세한 위치를 설정하게 되는데 그것은 「午後의 球場」에서 제시된 것과 같은 '경성행'으로 구체화 되어 두 번째의 자발적인 선택인 '연전으로의 유학'을 시도하게 된다.

3장에서는 연전 유학 전후의 시들을 주로 다루고 있다. 연전유학을 통해 윤동주는 상상으로만 구축해온 고향을 직접 체험하게 되는데 이는 곧 '상징적 질서'로의 진입을 의미한다. 그러나 의식의 "자기충족성은 자아형성시 필연적으로 개입되는 오인으로부터 생겨난 환상"이므로 '남쪽 고향' 또한 그 의식을 충족시킬 수 없고 오히려 더 큰 결여를 제공할 뿐이다. 그리하여 이 장에서는 연전 전후에 작성된 시들을 통해서 연전 유학을 통해서 디아스포라 의식이 어떻게 변화되고 있는 지를 살펴보게 된다.

연전 입학 이후 모국은 추상적인 대상이 아닌 관계 맺을 수 있는 구체적인 대상으로 인식하고 있다. '이상적인 고향'에 대한 심상과 그 반면에 북간도에서 목격하는 우울한 '고향의 초상'이다. 이상적인 고향으로 설정된 경성—연전에서의 초기 삶은 명랑하고 희망에 가득 찬 미래지향적 의식으로 충만 되어 있으며 그것은 이 시기에 작성된 일련의 시편에서 확인될 수 있다. 그 어둠은 북간도 이민자들의 우울한 디아스포라 초상과 연결되어 「아우의 印象畵」, 「슬픈 족속」 등으로 표현된다. 또 한편 연전과의 직접적인 만남을 통해 고향은 하나의 대상으로 구체화되는데 윤동주는 그 대상을 여성으로 그리고 있으며 그것은 초기에 완벽한 이상형으로 부각되어 있다. 이제까지의 지리적인 위치를 통한 지각이나 물과 바다의 상징을 통해 고향을 인식해왔다면 이제는 직접 관계를 맺고 구체적으로 인지할 수 있는 하나의 대상으로 형상화되고 있다.

이러한 직접적인 만남 - 모국과의 체험은 내적 의식의 변화를 추동케 하는 데 이 시기에 현실에 대한 의식의 변화는 자신의 내면의 거울을 통해 인식된다. 거울은 정체성 탐구의 동반자로 윤동주는 '거울 반사'를 통한 응시와 관찰, 그리고 동일시를 통해 자신과 모국의 관계를 추적하고 있다. 이러한 의식의 변화는 「自畵像」, 「慰勞」, 「病院」 이라는 시를 통해 전개되는데 이 시들은 시간의 순서에 따라 작성되고 있으며 그 가운데서 시인의 의식은 점점 더 명료해진다. 「自畵像」 속에서 화자는 '우물'을 응시하는 것에서부터 시적 상상력을 가동시키고 「慰勞」에서는 응시의 대상으로서의 타자가 더욱 구체적이고 선명하게 드러나며 주체와 객체로 나란히 분열되며 이로서 타자의 정체가 확연히 드러난다. 「病院」이라는 시에서는 대상으로서의 모국의 이미지는 분열에서부터 시작하여 유약하고 병들어 있으며 구원할 수 없는 지점에까지 이르렀다. 이는 만주에게 구축해왔던 상상적 모국이 현실에서는 존재하지 않으며 이는 동시에 디아스포라서 고향이 '부재'함을 인식하게 되는 과정이기도 하다.

4장에서는 고향부재의 확인과 순수의식으로부터의 결별로 인한 고통을 다루고 있다. 이를 극복하기 위한 방법으로 윤동주는 가장 거룩한 죽음인 타인을 위한 페르소나 희생을 선택한다. '희생'을 통한 고난을 수락하고 나서도 현실의 삶은 지속되어 가고 이런 연속성에 의해 시간영역과 공간영역에 대한 탐색을 도모하게 된다.

연전 말부터 윤동주 시에서는 주로 현실을 대변하는 밤의 시간이 많이 나타나며 이를 극복하기 위한 방법으로 '태초의 시간'이 등장하고 있다. 윤동주가 천착하고 있는 '밤'은 개인의 '사건'으로 체험된 시간이 아니라 민족 공동체의 현실을 공유한 시간의 개념이다. 시간과 더불어 공간에 대한 인식도 생겨나는데 '좁은 방'에서 탐색된 디아스포라 공간은 흐르는 특성을 갖고 있으며 그것은 대개 '거리'의 이미지와 함께 우주적 공간으로 확대된다.

연전 유학 말의 시들에서는 순차적으로 밤을 통해 시간이 표현되고 다시 공간으로 심화되었다면 그 전의 시들에서 보면 시간은 구체적인 자연의 시간을 의미했으나 연전 이후의 시들에서 윤동주는 시의 내면적 의미를 밤으로 표현하고 공간에 대해서도 여러 층위의 발견과 모색을 거친다.

윤동주는 밤을 자주 노래하고 시 속의 시간적인 상황이 종종 밤으로 설정되는데 이는 밤이 출구가 없는 현실을 대변하기 때문이다. 윤동주에게 있어 출구가 없는 현실은, 모국에 와서도 정작 모국을 되찾을 수 없는 '시대적 디아스포라의 운명'을 의미하기 때문이다. 결국 모국의 시간을 자신의 시간과 동일시하는 것인데 이를 통해서 수없이 많은 밤이 파생되고 있다. 이러한 밤의 증폭은 윤동주의 시적 인식의 영역이 대상에서 또 다른 차원으로 확장하고 있음을 보여준다. 그러나 밤에 대해서 절망하고 있지만은 않고 계속해서 탐색의 과정을 거친다.

'밤'을 극복하기 위한 시간으로는 '태초의 시간'이 선택된다. 밤에 대조되어 기다리는 희망의 저편을 '아침'으로 상정하여 표현하고 현실에서는 그런 아침이 결국 다가올 수 없는 한계를 절망적으로 인식했을 때, 탈출 혹은 복원의 시간으로서 태초의 시간을 선택하게 된다. 윤동주가 기다리는 아침은 현실의 아침이 아니라 현실의 영역을 벗어난 원초적 시간이다. 그렇다고 해서 현실법칙을 완전히 무시한 시간은 아니며 어떤 의미에서는 인간에게 부여된 당연하고 또 자연스런 시간이기도 하다. 단지 이는 핍박받는 현실의 시간으로부터 이탈하고 싶은 욕망이며 폭력적 현실에서 벗어나고자 하는 염원으로부터 재구성된 시간이다. 유동하는 디아스포라 공간 속에서 윤동주는 상대적 거리를 발견하고 있으며 이것이 반복되고 있음을 깨달아 절대적 순환의 무한의식에 도달하고 있다.

이처럼 본고에서는 윤동주의 디아스포라 의식의 변모양상의 공간
의 순서에 따라 또 유동성과 타자의식이라는 두 가지 특질에 맞추어
분석해 보았다. 그동안 윤동주를 보는 시각은 '저항시인', '민족시인'
이라는 틀 안에서 주로 논의되어 왔다. 그러나 디아스포라 시인으로
서의 윤동주를 규명하고 디아스포라 시각에서 그의 작품을 재조명하
는 것 또한 중요한 의미망을 지닌다고 볼 수 있다. 윤동주에 대한 디
아스포라 논의는 기존의 시각에서 한발 물러나 보편성을 획득하는
일이며 세계문학을 지향하고 있는 디아스포라 문학으로의 편입을 가
능하게 한다.

한 곳에서 오래 정체할 수 있었던 옛날과는 달리 시·공간적인 움
직임이 급류처럼 흘러 어디로 가야 할 지 알 수 없고 자신의 고정된
위치가 없어 늘 불안하고 초조한 현대인들 또한 넓은 의미에서 잠재
적인 디아스포라라고 할 수 있다. 끊임없이 고향을 잃어가는 현대인
들에게 그리고 여전히 자신의 고향을 찾아 헤매는 수많은 디아스포
라들에게 윤동주는 하나의 이정표가 된다고 할 수 있다. 비록 그것이
불멸의 구원은 아니지만 의식의 확장과 변용 가능성은 '흔들리는' 개
인에게 위로의 몸짓을 던져주고 있는 것이다.

참고문헌

1. 기본 자료

윤동주, 『하늘과 바람과 별과 시 (윤동주 시집)』, 덕우출판사, 1990

권영민, 『하늘과 바람과 별과 시 (윤동주 전집1)』, 문학사상사, 2008.

홍장학, 『(정본 윤동주 전집)원전연구』, 문학과지성사, 2004.

2. 국내 논저

강신주, 「한국현대기독교시연구: 정지용, 김현승, 윤동주, 최민순, 이효상의 시를 중심으로」, 숙명여대 박사학위 논문, 1992.

강영안, 『타인의 얼굴 - 레비나스의 철학』, 문학과지성사, 2005.

김경훈, 「디아스포라의 삶의 공간과 정서-백석, 이용악, 윤동주의 경우」, 『비교한국학』 17권, 2009.

김동수, 『일제침략기 민족시가 연구』, 인문당, 1988.

김병옥, 『현대시와 현상학』, 국학자료원, 2007.

김선학, 「한국 현대시의 시적 공간에 관한 연구」, 동국대 박사학위 논문, 1990

김수복, 「한국 현대시의 상징 유형 연구: 김소월과 윤동주의 시를 중심으로」, 단국대 박사학위 논문, 1990.

김열규, 「윤동주론」, 『창작과 비평』, 1974.

김용주, 「윤동주 시의 자아 연구」, 국민대 박사학위 논문, 2005.

김우종, 「암흑기 최후의 별 - 그의 문학사적 위치」, 『문학사상』, 1976.

_____, 「윤동주 시의 갈등 양상과 내면 의식」, 『선청어문』 21, 1993.

김유중, 『한국 모더니즘 문학과 그 주변』, 푸른사상사, 2006.

김윤식 · 김현, 『한국문학사』, 민음사, 1974.

김윤식, 『한국현대시론비판』, 일지사, 1996.

김의수, 「윤동주 시의 해체론적 연구」, 서울대 석사학위 논문, 1991.

김동성, 「한민족 디아스포라: 조선족」, 『시사평론』 제1권, 2002.

김열규 외, 『정신분석과 문학비평』, 고려원, 1992.

김용주, 「윤동주 시의 자아 연구」, 국민대 박사학위 논문, 2005.

권영민, 『윤동주 연구』, 문학사상사, 1995.

권일송, 『윤동주 평전 - 하늘을 우러러 한점 부끄럼이 없기를』, 민예사, 1984.

권석창, 「한국 근대시의 현실 대응 양상 연구: 만해·상화·육사·동주를 중심으로」, 대구대 박사학위 논문, 2002.

김종회, 「한민족 문화권의 문학과 디아스포라: 미국·일본·중국·중앙아시아의 해외동포문학」, 『문학마당』 제6권, 2007.

＿＿＿, 『디아스포라를 넘어서』, 민음사, 2007.

김창수, 「한국 근대시에 나타난 집 이미지 연구」, 고려대 박사학위 논문, 2001.

김창환, 「윤동주 시 연구: 윤리적 주체의 형성과정과 타자현상을 중심으로」, 연세대 석사학위 논문, 2002.

김환기, 『재일디아스포라 문학』, 새미, 2006.

남송우, 『윤동주 시인의 시와 삶 엿보기』, 부경대학교출판부, 2007.

노대규, 『시의 언어학적 분석』, 국학자료원, 1999.

마광수, 『윤동주 연구: 그의 시에 나타난 상징적 표현을 중심으로』, 철학과현실사 2005.

문현미, 「윤동주의 나르시즘적 존재론」, 『한국시학연구』 2집, 1999,

박경환, 「디아스포라 주체의 비판적 위치성과 민족 서사의 해체」, 『동북아논총』19, 2007.

박노균, 「1930년대 한국시에 있어서의 서구 상징주의 수용 연구」, 서울대 박사 학위 논문, 1992.

박리도, 「한국 현대시에 나타난 기독교의식: 윤동주·금현승·박두진의 시」, 경희대 박사학위 논문, 1984.

박민영, 『현대시의 상상력과 동일성: 정지용·백석·윤동주·전봉건의 시』, 태학사, 2003.

박삼균, 「윤동주의 저항성 재고」, 『설악』 제8집, 강원대학교, 1977.

박수연, 「식민지적 디아스포라와 그것의 극복: 박세영의 월북 이전 시에 대해」, 『한국언어문학』 61집, 2007.

박의상, 「윤동주시의 사회심리학적 연구: 자기화과정을 중심으로」, 인하대 박사 학위 논문, 1993.

백철, 「암흑기 하늘의 별」, 『하늘과 바람과 별과 시』발문, 정음사, 1968.

박춘덕, 「한국 기독교시에 있어서 삶과 신앙의 상관성 연구: 윤동주·김현승·박두진을 대상으로」, 부산대 박사학위 논문, 1993.

박태일, 「한국 근대시의 공간현상학적 연구」, 부산대 박사학위 논문, 1991.

박호영, 『한국현대시인논고』, 민지사, 1995.

성기조, 『한국 현대시인론』, 한국문화사, 1997.

서준섭 외, 『식민지 시대의 시인연구』, 시인사, 1985.

송우혜, 『윤동주 평전: 아직 나의 청춘은 다하지 않았다』, 푸른역사, 2004.

송현호, 「일제 강점기 소설에 나타난 간도의 세 가지 양상」, 『한중인문학연구』 제24집, 2008.

신웅순, 『20세기 살아 숨 쉬는 우리 문학과의 만남』, 푸른사상사, 2006.

양인숙, 「한국 현대 동시의 정신 양상 연구: 정지용·윤동주·유경환을 중심으로」, 단국대 박사학위 논문, 2008.

염무웅, 「시와 행동」, 『나라사랑』23집, 1976.

오세영, 「윤동주 시는 저항시인가?」, 『문학사상』, 1976

오양호, 『한국문학과 간도』, 문예출판사, 1988.

오오무라 마스오, 『윤동주와 한국문학』, 소명, 2001.

윤일주, 「윤동주의 생애」, 『나라사랑』, 1976.

윤영춘, 「명동에서 후쿠오카까지」, 『나라사랑』, 1976.

윤대선, 『레비나스의 타자철학』, 문예출판사, 2009.

윤석영, 「1930 - 40년대 한국현대시의 의식지향성 연구: 윤동주·이용악·이육사의 시를 중심으로」, 국민대 박사학위 논문, 2005

윤인진, 『코리아 디아스포라』, 고려대학교 출판부, 2004.

이기서, 『한국 현대시의 구조와 심상』, 고려대학교 한국학연구소, 2003.

이길연, 「윤동주의 시에 나타나는 북간도 체험과 디아스포라 본향의식」, 『한국현대문예비평연구』, 26권, 2008.

이건청, 『윤동주 평전 - 나의 별에도 봄이 오면』, 문학세계사, 1981

이남호, 「윤동주 시의 의도연구」, 고려대 박사학위 논문, 1987.

이동순, 「일제시대 저항시가의 정신사적 연구」, 경북대 박사학위 논문, 1988.

이명재, 『억압과 망각, 그리고 디아스포라』, 한국문화사, 2004.

이보영, 「'디아스포라' 문학의 특성」, 『문예연구』 제15권, 2008.

이부영, 『아니마와 아니무스』, 한길사, 2001.

이사라, 『시의 기호론적 연구』, 중앙경제사, 1987.

이상비, 「시대와 시의 자세-윤동주론」, 『자유문학』, 1960.

이상호, 「한국현대시에 나타난 자아의식에 관한 연구: 리상화와 윤동주의 시를 중심으로」, 동국대 박사학위 논문, 1988.

이상섭, 『윤동주 자세히 읽기』, 한국문화사, 2007.

이선영, 「현대시의 물 상상력과 나르시스의 언어: 윤동주와 기형도 시를 중심으로」, 이화여대 석사학위 논문, 2003.

이성교, 『한국현대시인연구』, 태학사, 1997.

이성우, 『한국 현대시의 위상학: 근대 자유시의 형성부터 하이퍼텍스트시의 출현까지』, 역락, 2007.

이숭원, 『한국 현대 시인론』, 개문사, 1993.

이연숙, 「디아스포라와 국문학」, 『민족문학연구』 19호, 민족문학사학회, 2001.

이윤호·최홍순, 『자유인 그 이름: 거대한 사랑과 자유의 뿌리들』, 문화교연, 1986.

이정자, 『한국 시가의 아니마 연구』, 백문사, 1996.

이회성·강영숙, 「디아스포라, 민족 정체성 그리고 문학 〈대담〉」, 『현대문학』 제53권, 2007.

임현순, 「윤동주 시의 상징과 존재의미 연구」, 이화여대 박사학위 논문, 2005.

임현순, 「윤동주 시의 디아스포라와 공간」, 『우리어문연구』 29, 2007,

원형갑, 『한국 현대시의 주류』, 종로서적, 1987.

왕신영, 「윤동주와 일본의 지적 풍토」, 고려대 박사학위 논문, 2007.

장사선, 『고려인 디아스포라 문학연구』, 월인, 2005.

전월매, 「일제강점기 재만조선인 시에 나타난 만주인식 연구」, 한국학중앙연구원

　　박사학위 논문, 2009.

전형권, 「모국의 신화, 노동력의 이동, 그리고 이탈: 조선족의 경험에 대한 디아스
　　포라적 해석」, 『한국동북아논총』 제11권, 2006.

정병욱, 「잊지 못할 윤동주의 일들」, 『나라사랑』, 1976.

정삼조, 「나라잃은 시대 시에 나타난 현실 대응 방식 연구」, 경상대 박사학위 논문,
　　1999.

정우택, 「재만조선인의 혼종적 정체성과 윤동주」, 『어문연구』 37권, 2009.

정은경, 『디아스포라 문학』, 이룸, 2007

정의열, 「윤동주 시에서의 「새로운 주체」 연구」, 서울대 석사학위 논문, 2003.

정재완, 『한국 현대시인 연구』, 전남대학교출판부, 2001.

조두영, 『프로이트와 한국문학』, 일조각, 1999

조병기, 『한국문학의 서정성 연구』, 대왕사. 1993.

주봉호, 「중국 조선족사회의 변화와 과제」, 『한국동북아논총』 제14권, 2006.

조은주, 「디아스포라 정체성과 탈식민주의적 계보학 연구」, 서울대학교 박사학위
　　논문, 2010.

조재수, 『윤동주 시어 사전: 그 시 언어와 표현』, 연세대학교 출판부, 2005.

지현배, 『영혼의 거울: 윤동주 시의 세계』, 한국문화사, 2004.

최강민, 『탈식민과 디아스포라 문학』, 제이앤씨, 2009.

최동호, 「한국현대시에 나타난 물의 심상과 의식의 연구: 김영랑·유치환·윤동주
　　의 시를 중심으로」, 고려대 박사학위 논문, 1981.

최명환, 「윤동주 시 연구」, 명지대 박사학위 논문, 1993.

최문자, 「윤동주 시 연구: 기독교적 원형 상징의 수용을 중심으로」, 성신여대 박사
　　학위 논문, 1996.

최종환, 「현대시에 나타난 기독교 죄의식의 심리학적 연구: 윤동주, 김종삼, 마종기
　　의 시를 중심으로」, 경희대 박사학위 논문, 2003.

최홍규, 『한국근대정신사의 탐구』, 경인문화사, 2005.

하상일, 「재일 조선인 시문학 연구: 「종소리」를 중심으로」, 『한국문학논총』 제48집,
　　2008.

한경희, 「한국 현대시에 나타난 시적 자아의 내면 연구: 이상·백석·윤동주 시를
　　중심으로」, 한국정신문화연구원 박사학위 논문, 2002.

한영욱, 『한국현대시의 의식탐구』, 새미, 1999.

한영일, 「한국현대기독교 시 연구: 윤동주·김현승·박두진 시의 상징성을 중심으
　　로」 성균관대 박사학위 논문, 2000.

한영자, 「일제강점기 한국 기독교 시 연구」, 동의대 박사학위 논문, 2006.

한홍자, 「한국 기독교시 연구」, 성신여대 박사학위 논문, 1999.

허인숙, 「윤동주 시에 나타난 디아스포라 의식 연구」, 부산대 석사학위 논문, 2009.

3. 국외논저

Benedict Anderson, 윤형숙 역, 『상상의 공동체: 민족주의의 기원과 전파에 대한 성
　　찰』, 나남, 2007.

C,G, Jung, 박해순 역, 『아니무스와 아니마 내재하는 이성』, 동문선, 1995.

Emmanuel Levinas, 강영안 역, 『시간과 타자』, 문예출판사, 2009.

Gabriel Sheffer, 장원석 역, 『디아스포라의 정치학』, 온누리, 2008.

Gaston Bachelard, 곽광수 역, 『공간의 시학』, 민음사, 1997.

＿＿＿＿＿＿＿, 이가림 역, 『촛불의 미학』, 문예출판사, 2001.

＿＿＿＿＿＿＿, 김웅권 역, 『몽상의 시학』, 동문선, 2007.

Jaques Lacan, 『욕망이론』, 민승기·이미선·권택영 역, 문예출판사, 1995.

Jean Bellemin-Noel, 최애영·심재중 역, 『문학 텍스트의 정신분석』, 동문선, 2001.

Rey Chow, 김우영 역, 『디아스포라 지식인』, 이산, 2005.

Sabine Melchior Bonnet, 윤진 역, 『거울의 역사』, 에코 리브르, 2001.

Venaz, Pierre, 심민화 역, 『현상학이란 무엇인가』, 문학과 지성사, 1982.

찾아보기

디아스포라 시인, 윤동주 연구

초판인쇄　2017년 10월 31일
초판발행　2017년 11월 15일

저　　자　이미옥
발 행 인　윤석현
책임편집　차수연
발 행 처　박문사
　　　　　Address: 서울시 도봉구 우이천로 353 성주빌딩 3F
　　　　　Tel: (02) 992-3253(대)　　　Fax: (02) 991-1285
　　　　　Email: bakmunsa@daum.net
　　　　　Web: http://jnc.jncbms.co.kr
등록번호　제2009-11호

ISBN 979-11-87425-52-6 93810　　　　　정가 15,000원